詩로 보는 인물

샛별 품은 샛강 소리

허남준 시집

한누리미디어

국립중앙도서관 출판예정도서목록(CIP)

샛별 품은 샛강 소리 : 詩로 보는 인물 : 허남준 시집 / 지은이 : 허남준. -- 서울 : 한누리미디어, 2018
p. ; cm

ISBN 978-89-7969-773-5 03810 : ₩12000

한국 현대시 [韓國現代詩]

811.7-KDC6
895.715-DDC23 CIP2018013174

| 책머리에 |

세상에서 무엇보다 인연의 소중함을 여기는 분들이
사람이 아닌가 생각합니다.

인과 연이 없다면 이 세상 누구도 만나지 못하지만
귀한 인연으로 필자가 만났던 사람들
들에 핀 꽃처럼 이름이 크게 알려지지 않았던 분들
그분들께서 뿌린 씨앗이 싹이 트고 꽃을 피워
바람 따라 향기를 토하듯
아름다운 인생의 길잡이가 고운 단풍잎처럼 물들이며
내 삶의 맘에 담아 새기고자 했습니다.

그 외 마음에는 담았지만 아직도 이 책에
다 담지 못한 분들이 너무 많습니다.

바닷물은 많지만 식수(食水)는 적듯
이 분들의 향기로운 말씀과 가치를 되새기며
별빛 품은 샛강 소리처럼 늘 깨어 있는 길을
함께하는 분들이 있어
영혼이 맑아 독자들의 마음 또한 밝음을 위하여
서로 소통하는 것 같아 참 행복합니다.

무술년 삼월 삼성산방에서

지은이 **허 남 준**

차례

차례

차례

권오현

대중불교 운동에 젊음을 바쳤던 그는
(재)대원정사 이사, (사)대원회 이사장을 역임하였고
(재)대한불교진흥원 사무국장
불교방송국 전무로 마감하였다

육군 초대 군종 법사로 임관한 뒤
주월 백마부대에 파견된 그는 전선에 불안한 장병들의
정신적인 등불이 되어 주기도 하였다

지금은 충북 음성 고심화 보살님이 창건한
고심사에 머무르며 지난 힘든 일 모두 내려놓으려 하며
남은 세월은 바람에 몸을 맡긴 풍경소리에
소멸시켜 가고 있다

나와 함께 그림공부를 할 때는
좀처럼 속마음을 내보이지 않던 그는
선후배 정에 젖어 흐르고
화합을 중요시하는 마음은
북한강 남한강이 조화롭게 흘러가듯
풍요로워 보인다

*충북 음성 고심사 상임지도법사

권운식

보리 벼가 무르익어가는 넓은 평야
자리잡은 작은 마을 앞
기적소리 들리는 대구선 철길
여러 갈래 물길을 하나로 모아 더 큰
낙동강으로 찾아 굽이 굽이 흐르는 금호강
꿈을 심고 자란 그리움이다

자신을 태우는 젊은 송진 향기에 취해
와르르 피웠다 와르르 지는 붉은 철쭉꽃처럼
국가 안보를 위해 책임 간부로 반평생
젊은 몸과 영혼을 불사른 적도 있었다

험난한 길 헤쳐 자리잡은 자신의 일터
소주 한 잔 말 한 마디엔
그가 혼자 남몰래 흘린 뜨거운 눈물과
그가 넘어졌다 다시 일어선 굳은 의지가
마침내 환하게 웃는 얼굴로 꽃을 피운다

제발 노력한 만큼은 보람이 있어라
그리운 나의 고향 친구야
자유로운 영혼 어둠 속에서도 길을 잃지 않을 것이다

*건설업

권재진

경북 북부지방 영주는 충북과 경계를 두고
소백산 자락이 자리잡고 선달산 계곡을 타고
흐르는 내성천 맑은 물은 영주 시가지로 흘러
낙동강으로 찾아 흐르는 곳이
그의 고향이자 자란 곳이다

앞만 보고 외길로만 걸어가는 그는
정부 조달청 국가 공무원으로 주요 조직을 두루 거쳐
대구지방 조달청장으로 공무원 생활을 마감하였다

국내 굴지의 GS건설회사
임원으로 몸담고 있지만
어렵고 힘든 일도 세상 살아갈수록
고통도 기쁨으로 승화시키고 있는 듯하다

파도처럼 밀려왔다 가는
젊은 한때가 남은 것은 추억의 그림자이지만
아들 두 명이 그 어려운 의과대학을 나와
사람의 생명을 다루는 참 아름다운 결실을
맛보는 그는 행복의 웃음꽃을 피우고 있다

주일마다 깊은 신앙심으로
교회에 나가지만 튀는 신앙인이 아닌 그는
가을 햇빛에 잘 익어가는 고개 숙인 벼처럼
속으로 소화시켜 겉으로 뿜어 나오는
얼굴빛이 황홀하다

*GS건설 상무이사

김두희

연못엔 붉은 연꽃 흰 연꽃도 피었는데
오면 가는 것(生滅)이 순리라 하지만
어찌 이리도 무심하게 가셨나요

이생에 사랑과 고뇌(苦惱) 모든 것을 한 순간
내려놓으시고 홀로 가셨구려
참으로 어렵고 견디기 힘든 저 언덕을 넘어
근심 걱정 없는 연화장세계(蓮花場世界)로 드셨구려

문경새재 노송(老松)들은 푸르름만 더해 가는데
잠시 쉬었다 가는 곳이 이생이라 하지만
어찌하여 무심하게 그렇게 떠나셨나요

의학과 의술로 많은 제자들을 따뜻한
가슴으로 길을 열어주시고
영혼을 밝히고자 정법안장(正法眼藏) 길을 닦으시며
걸림없는 영혼으로 살고자 하셨던 선생님

다음에는 꽃 피고 잎 피는 따뜻한 봄날
정토(淨土)에서 바람으로 구름으로 만나요

자비(慈悲)로 바라는 바
편안히 근심걱정 없는 정토에서 영면하소서

*문경 출신이며 경북대학교 의과대학 명예교수,
전 동국대학교 의과대학장, 의학박사, 수필가.

그리운 친구들

철없는 초등학교 친구들
그 많던 작은 불알들 다 어디로 흩어졌는지

객지에서 만나기는 쉽지 않지만
학창시절 방학 때엔
대폿집 오뎅 안주 시켜놓고 막걸리 먹으며
철없이 노래 부르던 시절
사일 저수지 횟집에 마흔여덟 장 노래하던 추억
친구 집에서 놀다가 짜장면 시켜 먹던 시절
탱탱하던 다리 힘이 빠져 늙어가지만
추억의 그리움이다

대구에 김태헌, 조상종, 신현수, 황치수(故)
미국에 성영철, 부산 정현채, 서울 전기찬
소식은 듣고 있지만 육신이 늙어가는 세월에
만나기는 생각같이 쉬운 일이 아니구려
흘러간 삶의 애환이 간직했던
세월을 뒤척이는 소리에 만남은
기분 좋은 불알친구들

김태환

경북 영천 고경 금호강 상류 강변에 살고 있는 그는
햇살이 가득 곤두박질하는 아침
사과나무 가지가지마다 마음을 여는 햇살
기뻐하지 않을 수 없다

사랑으로 가꾼 사과나무는 봄이 오기 전에
쓸모없는 가지는 잘려 나가야 하고
잘 다듬어진 나무는 화답이라도 하듯
꽃이 피면 벌과 나비 날아드는 소리에
영혼으로 소통하고 있는 듯하다

흙을 밟고 과수 나무를 가까이 하며 홀로
먼 길을 걸어가야 하는 그는 농약을 뿌리며 비료를 주고
잡초를 제거하며 몸과 땀과 영혼으로 가꾼 열매
당도 높고 빛깔 좋게 익어가는 사과는
그의 마음과 정신 영혼도 함께 물들이고 있는 듯하다

소중한 인생길에 고통이 얼마나 힘들었을까보다는
따뜻한 햇살에 고통의 물방울은 굴러 떨어질 것이고
분명 꽃보다 더 아름다운 인생을 살고 있는 듯하다

*과수업

김덕호

경북 경산시 경산역 앞 대구 가는 도로
삼대한의원이 있다

대구 한의대를 나와 젊고 새로운 의학상식으로
환자를 따뜻하게 맞이해 주신다
그 옛날 할머니와 어머니가 어루만져 주시던 약손처럼
정성과 사랑으로 환자를 보듬어 진료해 준다

원장은 불편한 몸으로 걸음을 잘 걸을 수 없으나
고통과 어두운 마음으로 찾아가면
변함없는 생각과 한결같은 마음으로
긴장을 풀어주며 진맥을 하고
처방해 주신 약을 먹으면
나와 가족들은 신통하리만큼 말끔히 낫게 해 주신 한의사

편안한 마음을 풀어주며 막힌 곳을
뚫어주듯 침을 놓아주신 비밀
그것은 불편한 자신의 몸을 돌보듯
지극한 마음 그 효능 또한 명확할 것이다

*삼대한의원 원장

김득애

바람 불고 파도쳐도 늘 푸른 바다에는
평화롭게 헤엄치는 물고기가 있듯이
그가 품고 있는 바다 푸른 물결도 읽었다

비 오는 날 우산을 펴고 가는 마음으로
가족들의 영혼을 가슴에 안고
노송의 향기가 흐르는 천년 고찰에서
두 손 모아 가족의 영혼을 보듬어 본 적도 있었다

서로가 힘이 될 것이라고 믿고
아름다운 꿈을 꾸고 살아가는 행복한 부부는
어느 날 젖은 가슴 저편으로 깊은 강이 흐르니
허허벌판에 홀로 가는 걸음도 멈출 때가 있었다

힘들고 어려울 때 밭 갈고 씨앗 심어
열매를 맛보며 임이 그리워질 땐
석양 햇빛에 뭉쳤다 흩어지는 구름을 보며
멍든 상처를 어루만져 준다

둥근 달은 날마다 강으로 오고
강물은 날마다 하늘로 오르고

*원앙새와 다름없는 부부는 공직생활을 마감한 뒤 수년 전에 남편을 잃었다.

김범준

청자빛 불빛이 얼비치는 부산항
빛으로 높이를 정하고
어둠으로 넓이를 가늠하는 영도 앞바다
그의 향수가 젖어 흐르는 곳이다

군종 법사로 임관한 그는
아픔과 슬픔이 될 수 있는 성직자로
꽃이 피고 향기도 피울 수 있는 조직생활에
온몸을 쏟아 부은 적도 있다

지금은 대원(장경호 동국철강 창업자)거사 불교 대중화
생활화 실천을 목표로 한 대원불교대학
상임법사로 마포도량에
정법을 전파하며 등불을 밝히고 있다

서울 마포도량 보라매도량 부산도량은
믿음과 원력 꿈을 안고 울리는 범종소리 들리는 곳
부처님 가르침을 펼치고 있는 그는
도심 곳곳에 불법을 전파하는 데
혼을 쏟아 붓고 있다

아무쪼록 노력하시는 법사님도
어둠을 가르는 등대불처럼 외롭지만
뿌린 만큼 좋은 열매 거두시길
합장합니다

*대원회 상임지도법사

김세언

잠시 머물다 흩어진 구름처럼
길 따라 걸어가는 나그네처럼
관동팔경 하나인 경포 호수에 젖어드는
달빛에 그리움으로 젖어 흐르고 있는 강릉이 그의 고향이다

강원 치악산 계곡 맑은 물 흐르고
황금 소나무 숲이 군락으로 이루어져 있는 원주
초등학교 시절 이후 달구벌 땅 대구에서 성장하였다

국가안보조직에 한평생 몸담아 온 그는
조직생활을 그만 둘 무렵
몸은 이미 만신창이 되어 일주일에 세 번씩
병원을 오가며 신장투석으로 눈물겨운 생명을
이어가고 있다

꽃 피는 봄도 알고 지나가는 가을도 알지만
젊음을 조직사회에 온몸 부딪치며 지내온 시절은
눈이 펑펑 쏟아져도 두려워하지 않고
어려움을 고난의 꽃으로 피워보기도 한 그는
이제 금호강 흐르는 물결처럼 세월에 순응하며
살아가는 그의 얼굴은 맑은 꽃향기처럼 향기가 흐른다

늘 문을 활짝 열어 놓고
생활하는 그의 마음은 묵은 향기 바람에 소멸시켜 가며
평화로운 웃음으로 손을 내미는 사람
오늘도 낮은 실바람인 듯 신선한
여유로움을 보이고 있다

*전 2군사령부 예산담당관

김송배

피를 토하는 황매 산철쭉 향기
가야산 솔향기 바람 따라
맑게 흐르는 황강은 아쉬움과 그리움
내 마음 바람꽃 날아간 자리였다

문단에 많은 제자와 신인들을
등대불처럼 어두운 길을 이끌어 주기도 한 그는
무리지어 가는 문학예술 단체를 떠나
고뇌의 화살을 뽑아버린 마음으로
길을 걷고 있는 듯하다

계간 문예지를 만드는 발행인 편집인으로
지혜의 빛을 찾아가는 그는
먹구름 헤치고 나오는 보름달처럼 밝아 보인다

술을 좋아하는 문단 선배로
다정다감한 마음과 한 줄의 시상이
영혼을 잠 깨우는 듯하다

*한국문인협회 사무처장 및 시분과 회장, 부이사장 역임
한국예총 이사, 청송시창작아카데미 원장 및 지도교수
(현)계간 『한국시원』 발행인

김수창

부드러움은 강함을 이길 수 있는 것이네
온화하고 부드러운 성격 속으로 강인하다

지난 전쟁(6.25) 이후 모두가 가난했던 시절
일제 강점기 사찰 지하에는 피난민이 살고
위는 대학 기숙사로 사용한 건물 한 솥밥을 먹던
학창 시절을 추억하는 나이가 되어 버렸다

동국대학교를 졸업하고 ROTC 초급장교로 임관한 그는
건설 공병단 책임자로 젊음을 포기하지 않는
장병들과 온몸에 불지른 듯한 철쭉꽃처럼
싱싱한 젊음도 불태웠다

한평생 국가안보조직에 몸과 영혼을 담아온 그는
국방대학교 총장 비서실장 등 대외협력 담당관
부이사관으로 정년퇴임하였다

홀로 왔다 홀로 가야 하는 인생이지만
불러주고 찾아주는 벗들과 멋있고 아름다운
노년의 석양 노을 녹이는 바다처럼
평화롭고 자유로워 보인다

*예비역 육군 소령
국방대학교 대외협력 담당관 부이사관으로 정년퇴임하였음

김영규

고도(古都) 경주 남산자락 천년 노송 향기가 흐르는 곳
따뜻한 가슴을 품어 생각과 마음을 담았다

배반들 보리벼가 익어가는 계절엔
들판 같은 성품을 가꾸어 가며 경주 명문고를 나와
동국대학교(경주)를 졸업하였다

바람처럼 지나가는 젊은 한 때
필자와는 종소리 풍경소리 눈물 흘리던 곳
향 연기 그윽함이 흐르는 성전에 불 밝힌 적 있으며
영천댐 불어오는 강바람에 아픈 사연을 담아
한세월 저쪽으로 놓아버린 적도 있었다

섬유회사를 경영하는 그는 땀을 뻘뻘 흘리며
직접 부지런히 뛰어다니는 사장
섬유에 대한 자부심과 뛰어난 친화력으로
다가가서 고객들의 마음에 확실한 믿음을 심어주고
사랑받는 업체로 샛별처럼 주목받기도 하였다

인내력과 의지력이 강한 그는
황금 들녘 일렁이는 밝은 햇살이 환하게 드리워진 듯하다

*우송섬유 대표

김영석

경북 영천 민선 시장은 임기를 마친 적이 없기에
시민에게 불신과 미움의 대상이었다
그런데도 고향 발전은 내가 적임자라는 그는
제 본향 금호 출신이며
어려운 민선 시장이 되었다

하늘이 금호강을 안고 낮은 곳으로 흐르듯
몸을 낮추어 시민에게 귀를 열어
이야기를 듣는 그는
어둡고 소외된 곳을 가슴으로 보듬으면
반드시 알아준다는 신념을 가지고
시민에게 꿈을 심어주고 있다

믿음 없는 시민이라 하여도
지역이 낙후되었다 해도
부정부패와 담을 쌓고 성심을 다하고
금호강 줄기 따라 이루어진 평야처럼
열린 가슴으로 받든다면
언젠가는 든든한 팔공산처럼 믿고 우뚝 일어설 것이다

*경북 영천시장

김용언

무소의 뿔처럼 외롭지만 홀로
멀고 먼 길을 걸어가는 수행자를 닮았다

넓고 깊은 강물에는 큰 고기가 살아가듯
침묵으로 글을 쓰는 시인
남산자락 솔바람 소리에 깨어 있는 듯하다

노련(老鍊)과 명상(瞑想)을 동행한 그는
몸과 마음을 지혜롭게 다스려 가는 모습
풀잎에 이슬처럼 맑아 보인다

인자(仁慈)함과 순수함이 묻어
함께하는 행심(行心)이 흐르는 세상
넓은 바다처럼 담을 수 있는 대심(大心) 속
꽃피운 향기가
영혼이 눈부시게 빛나고 있는 듯하다

※대심(大心) : 세상에 모든 것을 담을 수 있는 여유로운 마음

*동국대학교 국문과 졸업
한국문인협회 시분과 회장
현대시인협회 24대 이사장 역임

김영태

넓고 깊은 마음을 가진 그는
젊은 학생들 앞에 쏟아놓은 열정적인 강의
듣는 이의 가슴을 열리게 한다

사학자는 사실대로 기록하여
세상과 야합하지 않는 학자
불교사학을 뒷받침하는 학문으로
신라 불교사상 연구 등 이십여 권의 저서와
일백십여 편의 논문을 발표하기도 하였다

불교역사학을 바로 볼려면
대나무처럼 휘어지지 않는 자기 소신과
굳은 맘이 바로 서 있어야 한다는 교수님
지난 세월에 땀 흘리며 가꾼 학문에 햇빛이
해바라기 씨앗 사이사이 비치는 꽃향기였다

*전 동국대학교 불교대학장
경남 창녕 출신으로 대구 명문 사학 고교를 졸업하고 동국대학교
불교학과를 졸업 일본 교토 불교대학에서 불교사학 전공으로 박사학위 취득,
동국대학교 교수로 정년퇴임

김종대

대구 약령시장 사거리에 가면
백년(108년)을 훌쩍 뛰어넘은 삼대가 이어온
대구지물상사 사업장이 있다
그가 경영하는 사업장은 업계의 으뜸이다
정직과 부지런함과 패기 넘치는 힘으로
성심을 다하여 고객들의 마음에 꽃을 피우고 있다

한때 대구라이온스 회장직을 수행할 때는
소외된 이웃에게 희망의 마당을
마련해 주었고, 나눔을 실천하려는 그는
나누어서 행복의 씨앗을 심은 적도 있었다

욕심이 많으면 근심이 생기고 탐욕은 재앙을 부르며
스님들이 수행하신 공간을 영혼을 담는 마음으로
벽을 깨끗하게 도배하여 드렸다

나는 그를 보고 더욱 믿고 보증한다
참 정직하고 부지런한 사람
피 눈물 흘리지 않고 웃음이 어디 있으리랴만
괴롭고 고단할 때 기쁨으로 승화시켜 가는 그는
노송의 향기가 흐른다

*현 대구지물상사 대표, 전 대구통일라이온스클럽 17대 회장

김종섭

햇살이 쏟아지는 정겨운 포암 산자락
자리잡은 관음불교 미술원
고결한 화폭의 삶이 들꽃으로 피어
향기를 풍긴다

가슴 깊이 파고드는 근심과 아픔이 될 수 있는
군종 성직자로 임관한 그는
중 · 동부 전선(DMZ)을 담당하는 칠성부대 백암사
군 장병들의 무거운 가슴 속
이슬 같은 맑은 감로수로 부처님 법을 담아주기도 하였다

초연한 침묵 속 그의 불화를 보고 있노라면
보는 이의 영혼을 눈뜨게 하는 듯하며
해가 돋는 자리에 어둠이 찾아오면
달이 놀고 별들이 빛을 내는 듯하다

가장 작고 낮은 자리지만 귀한 씨앗이
불화로 싹을 틔우니 영혼의 꽃밭을 만들 것이다

*경북 문경 관음불교미술원 원장, 경상북도 무형문화재 39호

경혜스님

소백산 푸른 솔향기 풍기는
꿈을 품고 오르내리면서
저 영원의 언덕으로 가고자
절대고독을 향해 걷고 있는 듯하다

아마도 질곡의 수렁 속에 정진하는 것은
더 큰 자비로 세상을 품으라는
상월대조사님의 뜻일 것이다
영혼이 순박한 불자들과 어울려
기도하고 염불하며
명상의 즐거움을 찾는 길은
고뇌의 사슬로부터 점점 멀어져 가고 있는 듯하다

수행자의 말은 조용하지만
사자보다 강한 힘으로 정진하면
현명한 지혜의 빛이 열려
기쁨을 얻게 된다는 스님
촘촘한 별빛이 빛나는 가을하늘처럼
가슴 속 깊이 늘 푸르고 넉넉해 보인다

*대한불교 천태종 총무원 교무부장

김종열

고향을 사랑하고 지키며 살아가겠다는 그는
위아래 구분 없이 품고 다듬어가는 그의 속을
들여다보면 아득한 산골짜기다

공심으로 한평생 몸과 영혼을 바쳐온 자리에서
따뜻한 봄날 고운 꽃잎 무더기로 피었다 지는
젊음도 불태웠으며 세월 담아 소리 없이
흐르는 물결 속 아픈 상처도 보았을 것이다

비탈진 산자락을 깎은 길섶에 홀로 핀
민들레꽃이라 하여 어찌 밟히고 쓰러졌다 아니 하였으랴만
그 땅 짚고 일어설 줄 아는 그는 제 영혼 주인으로
살아가고자 한평생 몸담아 온 공직생활 자리도
가슴에 담고 떠날 나이가 되었다

이제 아름다운 꽃과 나무도 가꾸면서
제 몸 다할 때까지 향기로운 꽃으로 살아가고자 하는 그는
금호강은 받아들일 것이고 제 영혼 다 사를 때까지
뜨거운 불꽃으로 살아가리라 한다

*영천 시의회 사무국장

김진희

큰 산 봉우리처럼 믿음직한 몸
경상도 사투리 편안하게 대화를
풀어나가는 솜씨 있는 분
경남 남해 출신 소설가 월간 『한맥문학』 발행인이다

젊은 한 때 바위처럼 묵직한 업장을 소멸하고자
출가하려 마음먹고 가야산 해인사 암자에
잠시 머무른 적도 있었다

한맥문학 이전 농민문학 발행 때 생각
고뇌의 사슬을 떨쳐 버리고자 그림책과
뿜어대는 담배연기에 날려 보낸 적도 있었다

덧없는(諸行無常) 세월 이치를 깨달은 그는
어려운 고비마다 가슴 가득 가득히
품고 있는 불심(佛心)은 세월을 넘어
영혼이 새벽처럼 깨어 있는 듯하다

*소설가, 『한맥문학』 발행인

김태영

깊을수록 소리 없는 강물처럼
큰 걸음 말 없이 걸어가는 그는
서울 명문 고등학교를 나와 육군사관학교를 졸업하였다

몸과 정신이 힘들어도 깊은 꿈속으로 삼킨 그는
전 후방 주요 보직을 두루 수행하였으며
육군 제1야전 사령관과
합동참모본부 의장(대장)으로 전역하였다

국가안보 조직에 한평생 몸담아온 그는
국방부 장관 재직시 서해 연평도 사고로
마음을 잠시 무겁게 한 적도 있지만
병역 미필자가 군을 얼마나 알기에
그놈의 정치가 무엇인지 알 수 없는 일

이제 모든 것 풍경소리 종소리에
마음을 가다듬고 국가안보 조직을 위해
오늘도 열정을 쏟아가며
자신을 태우는 송진에 취해
불꽃처럼 활활 타 버릴 소나무인지도 모른다

우리는 그 향기에 홀렸었다

*대한민국 제42대 국방부 장관

김태헌

고향집 뒤에는 기적소리 들리는 기찻길
앞에는 보리 벼가 익어가는 것을 보며
아름다운 미래에 대하여 꿈도 꾸었다

지금은 고향이 아닌 객지에서 만나기 쉽지 않지만
학창시절 방학 때엔
너도 하나 친구도 하나 귀한 자식들
맛깔 넘치는 반찬 따뜻한 밥을 지어주시던
친구 어머님 그 정성어린 손맛
군 훈련병 시절
모두가 지난날의 추억이 가끔 되살아나곤 한다

대구 명문사학 고등학교와 영남대학교를 졸업
모든 공직을 그만 둔 뒤
누구보다 친구들과 화합을 중요시하는 그는
가슴에 묻어둔 보따리를 다 풀어놓고
수성못 불어오는 바람소리에
불붙은 마음을 흩날린 적도 있었다

호사 없이 살아온 지난 세월 돌아보며
햇살을 부수며 핀 야생화 향기가 스며 있는

대구 신천이 흐르는 강변 따라
오늘도 가벼운 발걸음을 옮기며
남은 세월을 녹이고 있다

*전 공군 군수기지사령부 공무원

김현태

문화 예술이 꽃피는 도시
논개의 혼이 담겨 흐르는 남강
촉석루 지붕 위 둥근 달빛이 흐르는 경남 진주는
꿈을 품고 자란 그의 고향이다

비록 키는 작아 보이지만 알찬 옥수수처럼
빈 곳이 잘 보이지 않으며
경상도식 표준말은 (안 그랬소) 언제 들어도
거북하지가 않은 것 같다

문민정부 시절 군의 최고 꽃이라 할 수 있는
야전군 사단장(육군 소장) 재직시
탈영병 사고로 마음을 잠시 무겁게 한 적도 있지만
병역 미필자가 군을 얼마나 알기에
그놈의 권력이 무엇인지 알 수 없는 일

육군본부 전력기획부장(소장)으로 전역한 그는
중동부전선 야전군에 몸담아 젊음을 불사르며
못다 이룬 꿈은 적근산 백암산에 불어오는
바람에 소멸시키니
캄캄한 밤하늘에 별이 되어 빛난다

지난 과거 무거웠던 약속한 세월보다
내 영혼 다 사그러드는 불꽃으로 살아가는 그는
가슴 속 계곡을 타고 흐르는 남강에 비친
저녁노을 구름처럼 아름답다

*예비역 육군 소장

김황식

백양산 자락 넓은 호수 품은 장성땅
무등산 자락 빛고을 흐르는 곳
몸을 낮춘 채로 피어난 민들레 꽃향기
바람 따라 퍼졌네

법관 재직시 길이 아닌 것은 가지 않는다는
맘 하나로
엄정하게 깨어있는 의식으로
중심에 선 그는 곧은 맘이 곧 그의 정신이요
그의 도량이었다

원칙 없는 정치와 도덕성 없는 사회는
국민을 감동시킬 수 없다는 그는
사법부와 행정부를 넘나들며
믿음을 심어주신 씨앗은 어두운 사회를 밝음으로
이끌어 주신 듯하다

오늘도 포기하려는 많은 사람들에게
희망과 믿음의 강연으로 내일을 밝히고 있는 그는
환한 빛으로 이정표가 되셨네

*서울대학교 졸업, 광주지방법원장, 대법원 대법관,
21대 감사원장, 제41대 국무총리

남수영

경북 울진 동해 앞바다 너머 무한한 파도
하얗게 부서지는 무상함을 보이는데

억겁을 두고 부르면 대답하는 메아리처럼
진지하게 연구하는 학자의 내면이 묻어 있다

전장(戰場)에 나가 싸우는 코끼리가
화살을 맞아도 참고 견디는 군 성직자로
임관한(육군 대위) 법사님은 탄생과 죽음의
호국정신과 부처님 정법을 전하다 예편하였다

갈대처럼 눈보라에 스러지는 환경에도
쉬 식지 않는 학자의 길을 가고자
용수보살 중관사상 외 6권의 책과
수십 편의 논문을 발표하기도 하였다

그를 만나면 이른 봄 향기에 취해 솟아 오른 새싹처럼
거짓이 없는 진심이 묻어 흐른다

*중앙승가대학 교수
동국대학교에서 인도철학 전공으로 철학박사 학위 취득

남영호

조선 비운의 왕 단종임금의 한이 서려 있는
청령포가 바라보고
방랑 김삿갓 시인의 무덤이 있는 곳
봉래산이 자리잡고 유서 깊은 강원 영월은
맑고 맑은 남한강 상류 청정한 동강이
그의 가슴에 묻어 흐르는 고향이다

명확한 두뇌력으로 업무를 추진하지만
가슴 한쪽에는 늘 푸른 새싹이 솟아오르는 듯
부드럽지만 깡마른 그의 몸매에
선율처럼 살아나고 있는 듯하다

운동을 좋아하는 그는
건전한 스포츠 정신에 두뇌를 밝히고
사업을 구상하는 그는
소리 없이 깊은 강물처럼 여유롭다

솔향기 풍기는 풀벌레 울음소리 들리는
고향은 멀어도 노모를 생각하는 마음은
찰랑찰랑 물결치는 동강에 젖어 흐르는
둥근 달빛처럼 젖어 흐른다

*(주)씽크론 대표이사

달산스님

덧없이 변해 가는 제행무상(諸行無常) 세월
이치를 깨달은 길을 가려면
절대고독을 향해 걸어가야 한다는 법문
깨어있는 영혼들은 지혜롭게 눈을 뜰 것으로 믿는다

대전과학단지에 자리잡은 대덕 출신
동국대학교를 졸업한 뒤에
ROTC 초급장교로 임관하여 교육사단
덕을 베푸는 책임자로
몸과 정신을 불사른 적도 있었다

동국대 사대부속 명성여자중 · 고등학교 교법사 재직시
가슴으로 가르친 많은 제자들에게 편안하고 아늑함을
느끼는 강의와 꿈을 포기하지 않는
설법으로 길을 가리켜 주셨다

수행자의 향기를 꽃밭으로 가꾸어 나가는 스님
잠든 이 밤에 홀로 깨어
어둠을 몰아내며 내면의 등불을 밝힌다

*현 황용사 회주, 재단법인 대한불교 정법원 이사장

덕수스님

부모님 정도 그리워할 시기에
내가 몸 두고 떠나면
이 몸은 자연으로 돌아갈 것이고
본래 나의 모습을 찾고자 출가한 스님
그 모습 그대로 가슴으로 스민다

종단의 중흥은 포교라는 신념으로
총무부장 교무부장 재직시에는
그 어려운 여건 속에서도
어린 묘목나무를 심듯
몸과 정신을 젊은이들에게 심어
불꽃처럼 꽃피우기도 하였다

종단 최대 사찰 삼광사(부산 소재) 주지로
재직시에는 국내 최대 지장전을 건립하셨고
주지 소임이 끝날 때는
내 몸에 걸치고 있는 법복 한 벌만으로
본사로 돌아오신 스님
늘 햇살처럼 깨끗한 영혼으로 살고자 한다

가끔 소백산 자락에 뭉쳤다 흩어지는 구름을 보며

출가 목적은 성불하는 데 길이 있다는 스님
뜨거운 숯불에 온몸을 씻었던 마음으로
지친 영혼을 일깨워주고 밝혀 주신다

*대한불교 천태종 종정, 사서실장

모석종

언제 보아도 사나이다운 묵직함과
의리의 사나이 풀숲이거나 돌밭이거나
머뭇거리지 않고 헤쳐가는 바람처럼
품는 듯 뜨겁기만 하지만
마음은 강물이듯 여유를 보인다

시민에게 잘 알려진 그는
달리 설명하지 않아도 다 알고 있는 만큼
시정을 가장 바르게 알고 올바르게 판단하는
시의원이다

패자의 아픔과 비판의 시선을 넘어
모르고 있었던 시내 민심도 온몸으로 익혔다
시민에게 희망을 주는 시의원이 되겠다며
푸른 노송 같은 각오다

믿음 없는 시민이라 하여도 낮은 곳의
이야기를 듣고 받는다면
큰 산은 반드시 우뚝 솟아 늘 품을 것이다

*경북 영천시 시의원

문상원

무리지어 가는 것보다는
차라리 혼자 걷는 숲속 코끼리처럼
지혜롭게 자신을 다스려가는 모습
법열의 기쁨을 맛보는 듯하다

영롱한 이슬방울이 꽃잎을 눈 뜨게 하는 마음
반평생 대구시 공직자로 검은머리 희어져가며
영혼을 불살라 온 세월이 은은한 난 향기
바람 따라 퍼졌네

덩굴처럼 엉킨 마음 답답하고 힘들어
잘 풀어 내지 못할 때는 초록 향기 가득 차 있는
산사에 내 영혼 다 바쳐 두 손 모아 발원도 하였다

맑고 깊은 호수에 햇살이 반짝 반짝 빛나는 시인
그의 서예 작품 속으로 들여다보면
물결처럼 출렁이기도 하며 영혼에 묻은
먼지를 털어 버린 듯하다

남은 세월 안개처럼 바람처럼 떠날 수 있는 삶을
가슴에 담아 있는 그 맘 영혼이 새벽처럼
늘 깨어있는 듯하다

*전, 대구시 공무원 · 시인

문효남

대검기획관 감찰부장 대전고검장
대구고검장 부산고검장으로
검찰 핵심 부처를 두루 거쳤으며
지금은 변호사로 법무법인에 몸을 담고 있다

누구도 신뢰하지 않는 유혹의 정치권에 입문하지 않고
법조인으로 체통과 인격을 갖추어 나가는 그는
정도만을 향하여 가는 것 같다

업무적으로 빈틈이 없는 성격이지만
가슴으로 흐르는 정은 늘 낮은 곳으로
향하는 분이었다

오륙도 푸른 어깨 넘실 넘실거리는 부산항
무역선 이별하는 갈매기 울음소리 들리는 항구
그의 고향이자 자란 곳이다

교육자이자 문학가인 노모님을 생각하는 마음은
목이 멘 뻐꾹새 울음소리 들리는 듯
가슴 속 한가운데 자리잡고 있는 듯하고

흐르는 세월에 순응하려는 그는
한 걸음 한 걸음 옮기고 있는 그의 마음은
보름 달빛 속 청푸른 밤하늘처럼 넉넉해 보인다

*변호사

문인스님

푸른 잎사귀와 꽃잎 떨어져도
묵은 수행승의 향기를 풍기는 스님
가야산 법보종찰 해인사는 그리움이다

조계종 중앙종회 부의장 고운사 부석사 봉정사
주요 소임을 두루 거친 스님
새벽길 서성이다 굽이길 돈다 해도
햇살이 쨍쨍 나면 바람으로 떠난다는 법문
무너지는 천둥이여

필자가 찾아뵈오면 가슴을 비워 놓고
하늘을 가끔 쳐다보시며
세월의 잔을 들어 영혼을 달래며
수행자의 균형을 다잡아가는 듯하다

지금은 대구 법왕사에 머무르며
살아온 수행의 길에 영혼이 아픈 만큼
별들이 총총 빛나는 듯하며
숲 향기 맴도는 초록 바람이 풍긴다

*법왕사 회주

박근혜

조국 근대화를 위해 부국을 꿈꾸고
한평생 몸을 바쳤던 선대
천년을 살아도 자취를 남기지 않는 학처럼
청와대 뜰에 목련 나무를 심고 가꾸었던
어머니(불명 대덕화보살)의 그늘 아래
교육을 받고 성장하였다

성실성과 신뢰, 국민과 약속을 중요시하는 그는
늘 가슴에 담고 있는 듯하다
대구(달성군)에서 정치에 입문하셨고
의회정치를 정의롭게 하는 그는
국민의 행복과 희망의 꿈을 심어주기 위해
대권을 향해 노력하고 있다

부정과 부패, 사상과 이념 진흙탕 속
정치인은 신뢰를 잃어가지만
국민에게 꿈을 안겨주는 그는 분명히
북악산은 그를 품고
굳은 바위처럼 우뚝 일어설 것을
나는 그를 믿는다

*전 새누리당 비상대책위원장. 그 후 18대 대통령 당선 집권 5년차에 탄핵으로 현직 대통령이 비운의 대통령으로 물러났음

박성대 신부님

햇살은 가득히 그날처럼 은모래 부서지는
꿈을 심은 그는 빛과 소금 역할하고자
대구 출신 광주가톨릭대학교 신학부를 졸업하였다

아픔과 슬픔이 될 수 있고 사랑과 그리움이
될 수 있는 국가안보 조직에 몸과 영혼을 담은
푸른 제복 성직자로 몸 바쳐 이십여 년
국방부 군종실장 대령으로 전역하였다

나를 필요로 하는 곳에 나를 바친다는 마음 하나
범어 대성당 건축위원장을 맡아
하느님의 말씀을 전하는 큰 주춧돌을 놓아주기도 하였다

사제로 한평생 사목 생활 힘들고 어려웠던 일
모두 내려놓으려 하는 그는
이제 멀지 않은 내 여정길에
주님의 뜻에 따라 남은 세월 맡기니
맘이 훨씬 더 아름다워지고 가벼워지며
그 향기 또한 바람 따라 퍼져 나갈 것이다

*전 국방부 군종실장, 예비역 육군 대령
천주교 대구 대교구 제2 대리구 교구장 대리

박원경

팔공산 무악산 계곡물이 합쳐
흐르는 개천 금빛 모래 위 맑은 물에 피라미 어름치가
어울려 한가로이 노닐고 있는 모습도 보았다

맑고 맑은 물방울이 초록빛 생명을 눈 뜨게 하는
마음으로 반평생 농협 금융 공직자로
영혼을 불 살라온 세월의 꽃밭이 더 향기롭다

푸른 잎사귀와 꽃잎 떨어져 가도
묵은 인생의 향기를 풍기는 그는
그의 서예와 그림 작품을 보고 있노라면
보는 이의 영혼이 어둠에서 벗어나는 듯하다

욕심이 많으면 근심이 생기고 탐욕은 재앙을 부른다며
물질의 길이 아니라 잊어버린 자아를 찾는 그는
향수의 메아리 들리고 새들이 우는
고향을 지키려 하며 노을에 곱게 물들었다

*전 경북 경산시 하양농협 전무

박창근

고향은 늘 떠난 그때 그 자리에 있는 금오산 자락
낙동강 굽이 돌아
근대화 전자산업이 꽃피는 도시
경북 구미가 그의 고향이다

대기업에 근무한 적도 있지만
농기계 부품을 생산하는 공장을 운영하는 그는
많은 사람들에게 신뢰감을 심어주고 있다

그를 만나면 뭉클하게 엉켰던 마음이
뻥 뚫려 가슴을 편안하게 해 준 듯하고
아픔이 될 수 있는 평소 업무도
부드러운 마음으로
격식 없는 대화로 풀어 나간다

이제 모든 것 정리할 나이지만
서두르지 않는 그는
사업을 다져 나가는 모습과
헛손질 없는 회사를 이끌어 나가는 품성이
산이 열리고 오늘이 열린 듯
걸음걸이가 더 한층 여유롭다

*근창 크랭크 대표

박춘근

석양에 물든 금호강 은빛 물결
무악산 산자락 따라 이루어진 푸른 하양들
세월 안고 가는 발자취 지울 수 없는
빈 가슴 눕히는 고독의 향기였다

한 때는 황악산 자락 천년 고찰 직지사
영혼에 낀 먼지를 쓸어낸 적 있으며
삼직 소임시 천불전 복원불사와
불교정론을 펼쳐가는 언론의 일꾼
늘 깨어 있는 자세로 수행과 포교에 불 밝힌 적도 있었다

맘과 맘을 전달하는 국가 조직 부처에
몸담은 적도 있으며 무궁화 육성 보급과
선양에 앞장서 울림이 있는 강의로 듣는 이로 하여금
국화(國花) 무궁화 향기를 젖게 한 적 있었다

이제 대지를 촉촉이 적셔 나가는 물결처럼
남은 세월 제 맘 찾아 다스리는 발길
어느 침묵의 성자가 따로 없는 것 같다

*수필가. 행정자치부 국가상징 자문위원

박희도

천릿길 찾아 흐르는 낙동강변
풍요로운 꿈 가득 품고 있는 경남 창녕 들녘
하늘이 내리고 힘은 땅에서 솟아오르는 곳
그리워하는 그의 고향이다

뜨거운 가슴을 식혀가며 선이 굵고
큰 걸음 말 없이 걸어가는 그는
육군사관학교를 졸업하였다

온몸 지치고 힘들어도 아련히 깊은 꿈
속으로 삼킨 그는
전후방 주요 보직을 두루 마친 후
육군 참모총장(대장)으로 전역하였다

전역 후 공직 자리도 탐낼 법하나
사자가 굶어 죽어도 나물은 먹지 않듯이
걸맞는 자리가 아니면 돌아보지 않는 그는
조금도 흐트러짐 없이
무관 출신답게 독야청청하며
천년 노송이 외롭지만 피우는 천리향이
하늘 가득 피어나고 있다

늘 국가를 사랑하는 그는
곧고 굳은 마음이 큰 바위처럼 믿음직해 보인다

*예비역 육군 대장, 전 육군 참모총장

백영혁

강원도 인제군 서화면 천도리
맑은 실개천이 흐르는 공기 좋은 곳
그림 같은 연노란 벽돌집 지어 놓고
노모님을 모시고 멋지게 살아가는 그는

한때는 성직자로 조직생활에
아름다운 빛깔 좋은 향기도 맛보았고
고통도 기쁨으로 승화시켜
행동이나 말과 글 모두가 한결같이 명확하였다

이제 농부를 자처하는 그는
그늘진 모습의 그림자는 대암산 골짜기에
불어오는 바람에 소멸시켜 가며
중 · 동부 전선이 코앞에 보이는 곳에
용서할 줄 아는 나이가 되었다

태양에 그을린 얼굴
자유를 만끽하며 밀짚모자 눌러 쓰고
한때 부처님 법 따라 살아가고자
강원도 춘천의 명문고를 나와 동국대학교에서
불교학을 전공한 그는
힘들고 지친 한 잔 술잔에는 꽃향기가 가득하다

*예비역 군종 법사

법안스님

이별하는 갈매기 울음소리
청정한 푸른 물결 철썩이는
남쪽 하늘 흰 구름도 멀리하고
어려운 수행자의 삶 속에서 법열을 찾으려
불멸의 길로 정진하니
싱그러운 햇살 푸른 향기로 피어난다

영혼이 잠 깨인 곳에
무지는 더 이상 머물 수 없다는 마음으로
늘 새벽처럼 깨어있는 자세
우면산자락에 뭉쳤다 흩어지는 구름을 바라보며
남다른 고절한 환희에 젖어 계신다

소가 잠들어 있다는 우면산자락
자리잡은 대성사에 머물면서
오직 한 마음 고뇌와 슬픔으로부터
멀어져 가려는 육신은
인고의 염불과 기도 정진에
산새들도 가지에 앉아 경청으로 화답하니
깨끗하고 귀한 씨앗 영혼의 꽃밭을 만들어 가신다

*우면산 대성사 주지

변명규

내가 푸르고 젊어 싱싱하던 시절
육군 삼사관학교 군종법사(軍宗法師) 재직시
대구 수도암 대학생 불교연합회를
운영하는 법우였다

명확한 두뇌력과 책임감 있게
업무를 추진하지만 가슴 한 쪽에는
부드러운 강물이 선율처럼 흘러가며
신선함을 간직하고 있다

솔향기 바람소리 초록빛이 물든
경북 청도 출신
부부는 부처님이 맺어준 인연으로
불제자로 살아가고자
신앙심의 꽃밭이 더 향기롭다

세월이 많은 것을 잊게 하지만
그는 한결같이 자신을 낮추어
자리하는 모습은 드러나는 것보다
속 깊은 품격을 헤아리게 한다

*전 대구 한의대 입학팀장과 전국 대학입학협의회 회장

법산스님

맑디맑은 쪽빛 바닷가엔
도톰한 봄의 실핏줄 초록으로 물든 남해
등불 없이 떠나지 못하는 영혼의 길을 찾아
화방사로 출가한 스님은 그리움이다

끊을 줄 아는 용기와 감출 줄 아는 겸손을 가지셨고
목소리는 높지 않아도 불꽃처럼 번지는 마음
물속의 물고기가 목말라 한다는 저서 외
많은 논문을 발표하여 백련다향(白蓮茶香)의
그윽함이 묻어 흐른다

어둠의 영혼을 벗어나고자 전국 제방 선방에서
파릇파릇한 봄기운을 느껴 본 적도 있었으며
박사 교수 스님은 오늘도 바람인 듯 신선한
가슴으로 가르친 많은 제자들이 떠나지 않는다

*동산불교대학 법주 및 학장
동국대학교 인도철학과를 졸업하고
대만 중국문화대학원 박사학위 취득,
동국대학교 불교대학원장 및 정각원장 등
많은 학술 단체장 역임

법안스님

중생(衆生)이 없다면 불법(佛法)이 없다는 마음 하나로
금강이 흐르는 성동, 논산, 황산 넓은 평야
황금 들녘 일렁이는 고장
불법을 전파하고자 안심정사를 창건하였다

불교 신자들은 정체성을 찾아야 한국 불교를 이끄는
원동력이 될 수 있다는 사자후(獅子吼)법문
그 향기 바람 따라 퍼졌네

메마른 땅 적셔주는 저 뭉게구름이
본래 허공에 머물러 있는 것이 아닌 듯
스님 가시는 걸음걸이 다 법회 도량으로 만드셨네

진광불휘(眞光不輝) 참 빛을 드러내지 않는 것처럼
엄격한 불법교학(佛法敎學)과 수행으로 스스로 밝히시는 스님
어두운 밤 외로운 등대 불처럼 더 크고 환한 빛으로
이정표를 가르쳐 주신 듯하다

*고려대학교 경제학과 졸업. 원광대학교 약사 신앙 연구로 석 · 박사학위 취득
태고종 종단기획부장 등 주요 보직을 두루 거친 후
(현) 공주교도소 교정위원, 안심정사 회주

법일스님

어제도 오늘처럼 내일이 가고
황악산 달빛 별빛 무늬지어 그늘처럼 무거운 밤
번뇌 많은 세상일 모두 털어버리고자
황악산 직지사 녹원스님 문하에서 수학하셨다

촛불이 익어가는 사색의 언저리로 앙상한
가슴을 열 수 있는 군 성직자로 임관한 그는
무거운 세월 속에 꽃 피면 향기 날 수 있는
군 장병들의 무거운 마음을 들어주기도 하였으며
공군 역사상 최초 불교 군종감으로 예편하셨다

직지사 연수원 원장 재직시
생각을 헹궈가는 아름다운 가슴 위로
해와 달의 눈물자락 같은 법문
연수원생들의 영혼을 울리기도 하였으며
상처받은 영혼의 눈물을 닦아주기도 하였다

관악산 자락 청정도량 청안사에
늘 초심을 잊지 않으려는 생각 하나로
기도와 염불로
불자들의 맺힌 가슴을 열어주기도 하며
노력하고 뿌린 만큼 좋은 인연 맺어지게 손을 모은다

*관악산 청안사 주지

변명규(글, 시인 허홍구)

혼자만 앞서가는 시대가 아니라 함께하는 시대!
서로가 믿고 응원하고 사랑하는 새 시대를 소망해 본다

머지않아 지방선거가 있을 것이고 너도 나도 모두가 자신이
최고의 적임자라 외치며 얼굴을 내밀고 고개를 숙일 것이다

이제 정말 서로 편가르기하는 못난 짓거리를 그만두자
빨간색이 싫다 하여 모두를 파란색으로 물들인다든지
쓴맛이 싫다 하여 단맛의 설탕만으로 요리를 한다면 어찌 될까?

어느 지역은 특정 정당의 깃발만 꽂으면 무조건 당선된다는
못나고 부끄러운 일이 이제 제발 없어지기를 기대해 본다

꿈같은 이야기일지 몰라도 거짓말 안 하는 후보를 뽑자!
경륜보다는 젊고 용기 있는 새로운 인물들로 바꾸어 나가자!

능구렁이처럼 술수에 능한 인물보다 정직하고 용기 있는
젊고 새로운 인물로 확 한 번 바꾸어 봤으면 정말 좋겠다

민주와 자유를 위하여, 밝고 환한 새 시대를 위하여
관록과 권위의 깃발이 아니라 섬김의 깃발을 꽂겠다며
겁 없이 도전하는 용감한 이 젊은이를 지켜보고자 한다

작은 하나의 촛불들이 광장의 어둠을 걷어내었듯
불신과 거짓 없는 밝은 새 시대를 소망해 본다

자유와 민주를 위하여, 진리와 정의를 위하여
하나뿐인 자신의 목숨을 기꺼이 바쳤던 인물들을
일찍부터 존경하고 본받아 따르고자 하였다 하니
자신보다 대의를 위해 살려는 그 마음을 읽어본다

몸소 먼저 베풀고 행동하는 실천적인 삶을 본받고자
젊음과 남은 인생을 온전히 바치고자 맘 먹었다 한다

빨간 깃발만 꽂으면 무조건 당선된다는 허허벌판에
새로운 변화와 개혁의 파란 깃발을 들고 나선 인물
권력에 아부하고 돈에 팔려버리는 비겁자 아니라
무릎 꿇어 받드는 믿음과 섬김의 공직자가 되겠단다

사람보다는 기호를 먼저 선택했던 특정 지역의 선거
그 두꺼운 벽을 무너뜨리고 유권자의 맘을 잡겠다는
젊고 용감한 이 도전자에게 응원의 박수를 보낸다

*(사)새희망포럼 대구 · 경산 집행위원장
전국대학입학관리자협의회 회장 지냄

법해스님

먼 길 굽이쳐 흐르는 금호강
말없이 일궈낸 강변 땅 위
봄이면 사과꽃 향기 넘치는 길도 멀리하고
험한 준령 수행자의 길 외로이 걸으며
영원의 빛 속에서 자유를 발견하고자 하신다

예로부터 서울 근교 4대 명찰 가운데 하나인
진관사 중요 소임을 수행하면서도
삶과 죽음이 반복되는 윤회(輪廻)에서
벗어나는 길은 철저한 욕망의 무거운 짐을
벗어나야 한다는 법문은
답답한 가슴 속 감로수 같은 느낌을 주신다

바람만으로 호흡하는 삼각산 자락
솔바람소리와 청아한 산새 울음
물소리로 소통할 것을 믿는 수행자의
영혼에 깃든 바람결에
향수를 느끼고 있는 듯하다

*삼각산 진관사 총무

서석훈

수백 년 풍상을 견뎌온 버드나무 숲
숨어들수록 뜨거운 숨결을 간직한
초록빛 향기 가득한 곳 내 안에 고인
진한 영혼을 깨우는 깊은 인연이다

군(軍) 복무시 기쁨과 슬픔 고통이 따를 수 있는
특전사(1공수)에 붉디 붉은 작약꽃처럼
피었다 지는 젊음을 불태운 적도 있었다

사람의 재산중에 지식만한 재산이 어디 있으리랴만
전통문화를 소중하게 여기는 그는
스스로를 여과시켜 나가는 흐르는 물처럼
지식과 마음으로 익힌 수양이
많은 사람들이 그를 따르는 까닭이다

오랜 인연으로 함께한 만남은 어둠을 걷어내는 듯
안부를 묻고 세상을 편안하게 밝힌 듯
웃음으로 소주 한 잔에 꽃을 피우기도 한다

자신의 행복을 밖에서 찾지 않고
안에서 만들어가는 진한 관솔의 향기를 풍긴다

*달성서씨 대종회 기획위원

서윤길

내가 존경하는 잊지 못할 선배님
섬진강 유유히 흐르는 곳 하동 출신이다

한국전쟁 이후 모두가 가난한 시절
지하에는 피난민이 살고 있는 일제 강점기
사찰 위는 대학기숙사로 사용한 건물
학창시절 추억하는 나이가 되었다

정체성 있는 교육으로 후학들에게
크나큰 공적을 남기기도 하였으며
올곧은 성격의 대화를 나누며
굳어버린 마음도 파릇하게 되살려 가신다

평생을 불교학과 교수로 불교교리 발달사에
큰 주춧돌을 남기기도 하였으며
황혼녘에 불어오는 바람에 소멸시켜 가며
아름다운 저녁노을에 흠뻑 젖어
꽃보다 더 아름다운 세월을 소멸시키고 있다

*전 동국대학교 대학원장. 전북 명문고교를 졸업하고 동국대학교 불교학과에서 박사학위 취득, 동국대학교 주요 보직을 두루 거쳐 대학원장을 역임하였다

서정덕 신부님

온화하고 인자한 성품으로 미소를 머금은 그는
대구 출신 서울 가톨릭대학교 신학부를 졸업하였다

아픔과 기쁨이 될 수 있는 고난의 길을 선택한
군종 성직자로 군종 병과 주요 직책을 두루 거쳐
천주교 성직자로 최초 육군 19대 군종감을 역임하였다

사제적 덕망과 훌륭한 업적을 겸비한 분이라
교황 요한바오로 2세는 서정덕(알렉산델) 신부님을
대구 대교구 보좌 주교로 임명하였다

자기가 맡은 직무를 충실할 때 천상으로부터
빛과 용기와 위안을 주신다는 그는
주님의 뜻에 따라 나의 십자가를 묵묵히 지고
하느님의 품으로 가셨다

*천주교 대구 대교구 주교 신부님
예비역 육군 대령, 육군 19대 군종감 역임

선진규

봉화산 정상 호미든 관음보살님
어둠을 걷어내며 정토원을 밝히니 영혼의 햇살이여

바람 앞의 촛불처럼 꺼져가는 나라를 구하기 위해
미군 보급부대 복무시 왼쪽 볼엔 총알이 관통하여
수십 번 죽음의 고개 넘긴 적도 있었다

동국대학교 총학생회장을 하였고
부처님 법을 전한다는 원력 하나로
조계종 신도회장, 상임법사, 청년회장을 맡아
불교계 저변을 확대하는 데 앞장서 오기도 하였다

풀뿌리 민주화시대 경상남도 무소속 의원으로
의장을 역임하였으며 정치권과 불교계를 넘나들며
믿음의 희망과 자비로 내일을 밝히기도 하였다

'눈감는 순간까지 목표를 향해 최선을 다할 뿐' 이라는
말씀과 '죽을 수도 늙을 수도 없다' 는 노(老) 법사님 법문은
지친 영혼을 일깨워 주고 밝혀 주신다

*봉화산 정토원 원장

손병두

남 덕유산 골짝 계곡물이 흘러
덕천강과 합해 초석루가 굽어보는
남강에 이르렀으니 언젠가는 500리
큰 물줄기를 이끌 것이다

전경련 상근 부회장 재직시 수제자로 불렸을 만큼
책임감이 강한 그는 누가 뭐라 해도 제 모습 그대로
몸을 낮추고 길을 열어 낮은 곳의 이야기를 듣는다

진리를 탐구하고 미래를 연구하는 곳에
CEO로 첨 대학(서강대학교) 총장에 오른 그는
각계 발전기금이 쏟아져 큰 주춧돌을 놓기도 하였으며
많은 아쉬움 속에 학문의 전당인 무대를 떠났다

국민이 정직하고 높은 윤리 및 도덕의식과
준법정신이 필요하다는 그는 재계와 학계
언론계를 넘나들며 꽃을 피운 자리에
향기가 짙어 보인다

햇살이 마당 가득 곤두박질하는 아침
그는 오늘도 성모님을 향해 두 손 모으니
꽃들이 기뻐하지 아니할 수 없다

*서울대학교 졸업, 한양대학교 경영학 박사, 전경련 상근 부회장, 서강대학교 총장, KBS이사장, 박정희 대통령 기념재단 이사장, 현 호암재단 이사장

성광스님

육신은 날 두고 떠난다 하여도
내 참 주인공은 그대로인 것이란 스님
그리운 삼각산 품속에서 자리잡고 있는 화계사
늘 잠들지 않는 영혼들을 일깨우고 있다

한국 불교 혼란기(정화 이후) 그 잠들지 않을 때도
먼저 앞서 갈 줄도 알아야 한다는 스님 말씀
숭산(화계사 조실) 대선사님 문하에서 수학하였고
동국대학교 불교대학(종비생)을 졸업하였다

아픔과 슬픔이 될 수 있는 성직자로
군종법사로 임관한 스님
육군 논산 제2훈련소 재직시
한국 육군 역사상 가장 큰 법당을 건립하여
박정희 전 대통령께서 호국연무사란
이름을 지어 직접 하사하기도 하였으며
푸른 제복 군 성직자로 몸 바쳐 이십여 년
육군 중령으로 전역하였다

전역 후 군종법사단 육해공군 단장직을
수행하였으며

화계사 주지 소임 때도 일주문을 비롯한
크고 작은 불사에 남다른
몸과 마음을 불살라 오셨다

온몸 지치고 힘들어도 아련히
깊은 꿈속으로 삼킨 스님
영혼의 숨결에 이르는 길을 걸어가고 있는 모습이
어두움 더듬어 넘어가는
석양 노을빛처럼 아름답다

*삼각산 화계사 회주

손영성

흙먼지 일으키는 비포장도로
탱자나무 울타리 따라
능금꽃 향기 넘치는 길
그리움이다

대구 명문 중고등학교를 졸업한 그는
한층 더 참아야 할 나의 길은
가슴 안으로 젖어 흐르는 아픔 속
외로움이 별이 되고 빛이 되었다

어떻게 성공했는지 푸른 가슴 날마다
창문을 열 수 있는 길을 묻지 않아도 알 수 있다
더는 일어설 수 없을 만큼 넘어지고
참지 못할 수모도 견뎠으리라

송화(松花) 향기 앉아 있는 산사(山寺)
내 영혼 눈 뜨게 할 수 있는 길을 찾아
두 손 모아 밝힌 적도 있었다

아프지 않은 삶이 어디 있으리랴만
그 응어리 다 녹여 빛나는 별이 될 때
캄캄한 가슴도 환하게 빛나는 하늘이 될 것이다

*(주) 대영건업 대표

손유열

봄볕 쏟아지는 나지막한 야산자락
풀향기 들꽃향기 풍기는 곳
황금들녘 일렁이는 논두렁길 따라
웃음꽃도 피웠고 꿈도 꾸었다

내가 알고 있는 많은 사람들 중에
참 정직하고 부지런한 그는
묵묵히 자기 일에 열중하는 마음 하나로
한평생 몸 담아온
경북대학교 행정직 주요보직을 두루 거쳐
부이사관으로 정년퇴임하였다

어느 벼랑 끝에서도 든든한 뿌리를 내리고
외로운 들꽃처럼 피워 올린 꽃대 위
꽃향기는 더욱 더 짙어 보인다

산을 좋아하고 노송의 그늘이 드리워진 곳에
관솔의 향기를 풍기는 그는
바람인 듯 신선인 듯 여유를 부리며
세월을 녹이고 있다

*전 대구교육대학교 총무국장을 역임하였고
국립 경북대학교 행정직 부이사관으로 정년퇴임

송대성

학자는 목에 칼이 들어와도 진리를 전파한다는
사명감이 있어야 한다
그렇다 그의 강의를 들으면 따뜻함이 전해 오고
진지하게 연구하는 학자의 진심이 묻어 흐른다

개념과 설계도가 없고 실천이 약하면
남을 설득시킬 수 없다는 그는
사회적 안정을 되찾을 수 있는 길은
북한의 불순물과 반국가적 오염물질
무책임한 정치적 오염 불순물을 걷어내어야 한다
어쩌면 저토록 굳은 맘과 저만한 국가관이
있는 학자라면 나는 믿고 존경할 만했다

상대방을 객관적으로 알아야 한다
정보를 공유하지 않는 자는 성공할 수 없다는 그는
모든 것은 튼튼한 군사력이 있어야 한다
오늘도 국가를 생각하고 민주주의를 갈망하는
열정적인 강연은 금뱃지 수백 개보다 더 빛나고
선비의 정치 학문이 더 돋보이는 것이다

*공군사관학교와 서울대학교 외교학과 졸업
미국 미시건대학교 국제정치학 박사학위 취득
예비역 공군 준장, 한국 국제 정치학회 부회장, 세종연구소 소장,
(현)건국대학교 교수

송병욱

금정산 선찰 대본산 범어사는 그리움이다
초등학교 시절 가사장삼 법복을 입고
대한민국 초대대통령(이승만 박사) 본 사찰을 참배하였을 때
화환을 들고 환영한 일
당대의 고승 하동산 스님 문하에 수행한 일
모두가 갓 피어난 연꽃 속의 그리움의 물결이었다

해군 군종 법사로 임관한 법사님은
푸르디 푸른 바다에 근무하는 장병들 가슴 속
일어나는 파도를 잠재우기도 하고
해군 역사상 가장 많은 법당을 건축하였고
불교 최초 해군 역사상 군종감(대령)으로 전역하였다

전역 후 박사학위도 받았고 불교방송국 상무로
공직생활을 마감하고
지금은 맑고 장엄한 범종소리 울려 퍼지는
경기 분당 원명사에서 포교에 전념하고 있는 그는
늦은 밤까지 희망의 불을 밝히고 있다

늘 몸을 낮추고 성심을 다하여 받드는 법사님도
노력하고 뿌린 만큼 좋은 인연 맺어지길 손을 모은다

*경기 분당 원명사 상임법사

신호향

대구에서 자랐으며 경북대학교를 졸업하고
ROTC 초급 장교로 임관한 그는
중서부전선 휴전선
익어가지 못한 열매도 될 수 있고
향기 넘치는 열매도 될 수 있는 책임자로
조직생활에 온몸과 영혼을 불태운 적도 있다

일찍이 교육계에 몸담아 온 그는 젊음을 바쳤고
하늘도 바다로 내려앉아 있는 듯
돗섬이 가물거리며 보이는 곳
마산 중앙고등학교 교감과 교장으로
교직을 떠날 무렵
세월을 비켜가지 못한 그의 머리는 흰 백발이었다

멀리 별빛이 흐르는 바닷가
소주 한 잔 드는 그는
외롭지 않은 파도소리 들으며
가슴으로 가르친 많은 제자들이
가는 곳마다 인사를 하고
경상도 사투리로 (선생님 별고 없지예)
안부를 묻는다

자존심과 품격에 젖어 흐르는 그는
얼굴빛이
활짝 핀 한 송이 꽃이었다

*전 마산중앙고등학교 교장

송춘희

이승의 인연을 다하여 모두를 두고 헤어진다 해도
깨어 있는 영혼들은 서로 소통할 것으로 믿는 그는
한평생 노래와 함께 살고 있다

남을 기쁘게 한다는 마음 하나 믿음과 노래
꽃피운 그는 햇살처럼 깨끗한 영혼으로 살고자
풀벌레조차 울음 머금은 산사에
두 손 모아 지혜의 등불을 밝히고 있다

영산강 처녀 수덕사의 여승 등 한국 10대 가수에 오른 그는
부처님 맘으로 살아가니
백련(白蓮) 향기 퍼뜨려 지친 영혼을
일깨우고 밝혀 주는 가수이다

이제 무엇을 바쳐 다시 너에게 갈 수 있느냐며
아직도 불 지피고 꽃 피우는 마음 멈출 수 없다 하니
그가 찾아가는 길에는 불꽃이 꺼지지 않을 것이다

*원로가수
1967년부터 5년 연속 10대 가수에 선정

안해남

알이 꽉 찬 옥수수처럼 빈틈이 없어 보이지만
다정한 대화와 단정한 몸매는 문수보살님 닮았다
긴 골짝을 지나 흐르는 강물처럼 아름답다

불멸의 향기를 인연으로 꽃피우고자
노송도 잠들어 있는 산사
가족을 품에 안고 내 영혼 다 바쳐
두 손 모아 보듬으며 지혜의 빛을 찾아 살고 있다

천박한 이 잡초의 땅을 지나면서도
부드러운 몸짓과 밝음을 유지하며
아름다운 풍경을 만들어 가며 흐른다

그를 만나면 늘 향내가 나고
부처님 맘 가졌으니 멀리 있어도 가깝고
눈을 감아도 알 수 있는 향기

*불명(佛名) : 자비심(慈悲心, 菩薩) 주부

양규성

녹음이 짙게 드리워진 물 깊이 스며 있는
대구 시민의 젖줄과 다름없는 가창댐
자리잡고 있는 신천 상류지역은
그가 꿈을 심고 자란 곳이다

진달래꽃처럼 피었다 지는 절정의 묵은 향기
바람에 흔들릴 땐 외로운 설움을
누구보다 잘 아는 그는
따뜻한 밥을 손수 퍼 담아 주는 가족의
애틋한 정을 담아 주는 기쁨도 있었을 것이다

피보다 진한 정을 가진 형제들과 가족 간의
애틋한 정이 흐르고 있는 그는
연연한 인연의 줄에 흰 눈발이 내린다

대나무처럼 선비정신이 흐르고 있는 그는
한세월 저쪽으로 보내놓고 나더니
양씨 종친회 총무를 맡아 탁월한 능력을 보이고 있다

만나면 부드러운 정이 흐르고
돼지국밥에 소주 한잔 곁들여

서로 안부를 묻고 지난 세월을 더듬어가는
그리운 사람…

*중화양씨 이산제 종친회 총무

양종수

진녹색 내뿜는 초록 잎으로 물든 한라산
공기도 가슴에 담았다
바람 불면 묵직한 파도치는 모습도 보았다
햇살이 반짝이는 넓은 바다를 보며 꿈도 심었다

산 계곡마다 햇살이 가득 비치는 아침
국토방위를 위해 젊은 날의 꿈을 포기하지 않는
신병들과 와르르 와르르 진달래꽃 온몸에
불을 지르듯 싱싱한 젊음도 불태웠다

강직한 성격에 불의를 참지 못하지만
군사분계선 DMZ 철책선을 앞에 두고
험준한 산 넓은 호수를 안고 있는 중동부전선을
책임진 그는 탁월한 지휘 능력을 보이기도 하였다

백 년 가까운 역사를 자랑하는 불암산 자락
자리잡은 모교이자 후배이며 생도들 가슴 속
국가안보관을 담아 주는 그는
하늘의 별들도 내려와 반짝이고 있었다

*제주 명문고를 나와 육군사관학교 졸업
육군사관학교 52대 학교장, 중장

우종철

송화가루 바람에 흩날리며
낙락장송이 팔 뻗어 어우러진
태백산맥 중심인 경북 봉화가
그의 고향이며 자란 곳이다

대구에서 고등학교를 졸업하고
서울에서 대학을 나와 옛 민정당 공채로
정계 입문한 그는 국장으로 공직 생활을 마감한 뒤
사업과 학문을 넘나들며 열심히 활동하고 있다

웅진대학교 겸임교수와 중국 연변대학교
객좌교수로 학문에 열정을 쏟아부어가며
문학에도 관심이 많아
북한산을 바라보며 몇 권의 소설과 저서를 펴내기도 하였다

황금 소나무 그늘 아래
허공을 가르는 소의 울음이 있는 곳
산등성 으악새 몸짓으로 손짓하는 고향은 멀어도
백세 노모를 모시고 생활하는 그는
노송의 솔향기가 묻어 흐른다

*전 한나라당 국장, 사업
그 후 노모님은 세상을 떠난 뒤 자유총연맹 사무총장 역임
(현)자하문 연구소장

월주스님

수행과 실천은 새의 양날개와 같다 하셨다
믿음과 진리 자비로 어울려
타오르는 심정으로
화엄사 금오스님 문하에서 수학하셨다

한국불교 정화 당시 완전히 정착하지 못할 때
조계종단의 뿌리는 정화 이념에서
나무를 심어야 한다는 신념으로
금산사를 정화하였으며
사찰 화재로 인해 소실된 금산사 중창불사로
정신과 몸과 영혼을 심어 뿌린 곳이다

종단 주요 보직은 물론 총무원장 2회
경실련 공동대표 동국대 이사
지구촌 공생회 살리기 대표
우리 민족 서로 돕기를 비롯 2십여 개 시민단체 등
지내온 발자취만도 눈보라 휘몰아치는 모진 겨울 참아내고
이른 봄 피어나는 매화꽃 향기였다

그늘지고 소외된 자에게 마음을 모으면
세상은 더 아름다움으로 꽃피운다는 말씀

부드러운 맑은 물이 지구상 곳곳에 흐르는 듯하고
그 길을 더듬어 따라가 보면
스님이 남긴 발자취가 보석같이 빛난다

*모악산 금산사 조실

운성스님

몇 생을 거듭나도 선 채로 서 있는 나무숲을 이룬 영축산
서로서로 이웃을 거느리며 바람까지 나누어 가며
자리잡은 불보종찰 통도사는 그리움이다

풀밭에 미처 가꾸지 못한 꽃들이
강바람에 몸부림치지 않기 위해 강원을 나와
탄생과 죽음의 여행길에 지친 영혼을 깨우기 위해
제방 선방에서 정진해 본 적도 있었다

산천은 지난해와 같은 채정산 광덕사
도량불사에 가슴에 품은 영혼을 쏟아 부은 적도 있으며
대구 불교사원연합회를 설립하여(설립위원 7명)
대구 불교계에 부처님 법을 전하는 주춧돌을 놓기도 하였다

늘 외진 골짝의 가시덤불 속을 바람처럼
거침없이 내달리시던 스님
푸른 허공에 산이 기대어 있는 것을 보시며
수행자의 삶 속에서 명상이 기도가 될 때까지
정진하고 있는 모습
바닷물은 많지만 식수는 적듯이
우리 시대의 어둠을 밝히신다

*대구 채정산 광덕사 주지

유정스님

영혼의 빛 속에 법(法)을 즐기면서
언제나 고요한 강물에 달빛처럼 흘러 비치니
깨끗하고 따뜻한 햇살처럼 느껴지는 스님
수행자가 흘린 눈물의 깊이만큼 아름답다

캄캄한 밤 가로등 불빛처럼
늘 낮은 곳에서 아픔을 보듬는 마음
화명복지관 초대 관장직을 수행하였고
어려운 수행생활 가운데
고려대학교 사회복지학 석사학위도 받으셨다

소나기처럼 지나가버린 젊은 한 때
낙엽조차 숨을 멈춰진 곳
필자와는 한솥밥을 먹고
백암산 불어오는 바람에 아픈 사연을 담아
한 세월 저쪽으로 놓아버린 적도 있었다

흔들리지 않고 가는 마음이 어디 있으랴마는
흔들이면서 곧게 세운 나의 주인공을 찾아
거두어 가는 모습이
외로운 노송에 박힌 관솔이 타들어가는
진한 솔향기가 묻어 흐른다

*부산 백양산 운수사 주지

육문스님

눈물나도록 그리웠던 부모님 품을 떠나
엄격한 계율 지켜가며 정진 수행하시고
스님 머무는 곳마다 큰 도량으로 만들어
운수납자(雲水衲子) 안식처를 만드셨네

오직 모을 뿐 참나(眞我)를 찾아 고뇌하는 그는
길 잃은 중생들의 길라잡이 큰 스님 되시었네

내 부모님 영가 앞에 두 손 모아 어두운 길 밝게
이끌어 주신 스승이자 스님을 찾아가면
봄 향기 물씬 풍기는 작설차 한 잔 가득 담아주신다

외롭지만 저 영원의 길을 향하여 홀로 걷는 나그네처럼
묵묵히 명상의 삶을 살아가시는 스님
마음 속 계곡마다 돌부리 험난한 길 잠재우는 듯하다

부모님께 몸 받아온 지가 일흔한 해(年)
바람마저 고요히 잠든 추운 겨울날에
오늘 고희(古稀)를 넘어
첫 생신 맞으신 스님께 합장 경배드립니다

소리 높이 자신을 치켜세우고 드러내지 않아도
니르바나의 길로 정진하며 스스로 밝히시는 스님
히말라야의 연봉(連峰)처럼
영혼이 눈부시게 빛나고 있는 듯하다

*(현)팔공산 백흥암, 군위 법주사 회주
(현)전국 비구니회 회장

이경호

생각해 보니 벌써 20년 전의 일이다
나는 전역하였고 그는 현역시절 동문으로 귀한 만남이 되었다

대구 명문 사학 고등학교와 육군 삼사관학교를 졸업
특전사(5공수)에서 국가관을 심어주는
책임자로 꽃피운 영혼을 불사른 적도 있었다

성격이 올곧고 강인하여 불의를 참지 못하지만
품성은 온화하고 다정다감한 마음으로
향토 50사단 감사실장으로 안보조직 생활 20여 년
육군 중령으로 예편하였다

바람에 흔들리지 않고 피는 꽃이 어디 있으랴만
지금은 김해대학교 군사학 부장
가슴이 뜨겁고 열정적인 강의로
듣는 이로 하여금 영원히 잊을 수 없는 추억이 된다

이 땅에 자랑스러운 것은 이러한 스승과
더불어 국가 안보를 지키는 제자들이 있기 때문이다

*2군사령부 감사관과 경북과학대학 교수 역임
현재는 김해대학교 군사학 부장

이규태

홀로 빈손으로 일어선 인물이다
고향집 뒤 들판에는 황금들녘 일렁이는 모습과
집 앞 기적소리 들리는 철길 넘어다니던
어린 시절은 그리움이다

가슴이 펄펄 끓을 때 국가안보 조직에
몸담은 그는 생사를 넘나드는 베트남전선에서
젊음을 불사른 적도 있었으며
보이지 않는 무언가의 힘은 그를 일으켜 세웠다

북악산이 품어준 둥지에 머뭇거리지 않고
헤쳐 지나가는 바람처럼 부지런함과
성실함을 인정받아 꽃을 피워
그 향기 바람에 띄워 보낸 적도 있다

눈물 나고 불타는 마음 다스리지 못할 때는
산새조차 잠들어 있는 산사에 내 영혼 바쳐
두 손 모아 엎드려 발원한 적도 있었다

그동안 힘들고 지친 마음과 지난 흔적을 지우려
흐르는 한강을 바라보며 바람에 소멸시키려 한다

*전 청와대 경호실 과장

이동경 법사님

갈매기 울음소리 들리는 항구
청자빛 얼비치는 푸른 바닷가
정토(淨土)의 바다를 향해 흐르는 낙동강
내 영혼 가는 니르바나의 길이었다

죽어서도 살아 침묵으로 전해 주는 맘 하나로
성직자의 길로 택한 그는
솔바람에 의탁한 외길 따라
알알이 부화하는 연등의 길을 걷고 있는 듯하다

천박한 땅과 돌 틈 사이 쓰러지지 않고
하늘 보며 일어서는 민들레꽃처럼
씨앗을 퍼뜨리는 마음으로 오늘도 부처님
법을 설하는 짙푸른 그윽한 향기
초록빛으로 풍기는 듯하다

한량없는 부처님 자비 품속에서 부처님 법을 설하고
걷는 바른 걸음이 부처님도 참 좋아하시겠다

*동국대학교 불교학과 졸업
(현)육군 중령 군종 병과 불교 성직자

이석복

더 넓고 소리 없이 흐르는 한강처럼
보이지 않는 무언가에 강한 긍정적인 생각을
가진 힘으로 육군사관학교를 졸업하였다

눈보라 속 피었다 지는 붉은 동백꽃처럼
수없이 넘어지고 쓰러져도 일어나는 오뚝이처럼
야전군에 몸담아 꽃향기 눈물 향기 흘리며
젊음과 지친 영혼을 일깨우고 밝힌 적도 있었다

달빛 속 능선이 아프게 누운 산야
철조망과 지뢰띠로 조여맨 DMZ
중부전선 열쇠부대를 책임진 그는
끊을 줄 아는 용기와 지혜로 탁월한
지휘 능력을 보이기도 하였다

육군 전후방 주요 보직을 두루 마친 후
한미연합사 군사정전위 수석대표
소장으로 전역하였다 그 후
국가를 사랑하는 그 마음 그 응어리 다 녹인
땅 위에 피워 올린 꽃대는 직함보다 더 귀한
향기가 그윽하다

*(사)한국문화안보연구원 이사장, 예비역 육군 소장

이성범, 김재순

경북 상주시에 사는 초등학교 부부교사
꿈속처럼 멀어져 간 내 고향 꽃내음 풍기는 곳
그날처럼 따사롭던 햇살을 받아가며
아름다운 꿈을 꾸고 사는 행복한 부부다

힘들고 어려울 땐 상주들 푸른 초록공기 받아가며
두 마음 눈부시게 조건없는 사랑으로
곱고 아름다운 어린 제자들을 보듬으며
많은 제자들에게 희망의 불빛을 밝혔다

젊은 날 걸어가던 힘겨웠던 세월 속
한평생 몸담아 온 교직생활 40여 년
가슴으로 가르친 많은 제자들이 따라온 고향에 있다

바라본다 저 후미진 산자락 오솔길
파란 하늘 눈부시게 걸려 있는 곳을 향해
오늘도 부부는 삶의 향기 스며 있는
영혼의 숨결에 젖어가고 있는 듯하다

*전 상주 중앙초등학교 교장
전 상주 성동초등학교 교감

이연숙

색깔 있는 화가이자 시인 수필가
저 가슴 뜨겁지만 자연을 벗 삼아 그리는 화가
이화여자대학교를 졸업하였다

밤하늘 빛났다가 사라지는
별빛을 받아든 나무도 그리고
해맑은 꽃으로 피어난 고개 숙인 해바라기
물을 보며 마음 알고 꽃을 보며 맘을
아름답게 한다는 연꽃을 탄생시킨다

깊은 곳에 축적된 에너지가 절정에서
화산이 폭발하듯 원색의 그림을 그리는 화가
산새도 숨을 죽이고 있는 노송이 드리워진 산사
내 영혼 밝히며 가족을 보듬어도 보았다

태화강에 놀던 물고기도 보았고
왕대밭 바람 불며 대숲소리 님과 함께 듣던 그는
님을 멀리 보낸 후
조약돌 같은 많은 사연 담아 흐르는
태화강 노을에 물들었다

*이화여자대학교 졸업. 홍익대학교 미술교육원 수료. 국전심사 위원장.
(현)울산 태연학원 이사장. (전)대한불교 조계종 조계사 신도회장.
(현)한맥문학가협회 회장. 시인, 수필가

이용수

먹구름 걷힌 자리 빛부신 김천 땅
생각을 헹궈가는 아름다운 꿈도 심었고
불암산 자락 돋아나는 햇살 받으며
육군사관학교를 졸업하였다

육군 전후방 주요 보직을 두루 수행한 그는
때론 땅끝 누운 산자락 북쪽을 바라보며
한평생 몸 바쳐온 국가안보 조직에
동해 경비사령부 부사령관(소장)으로 전역하였다

그간 가슴에 묻어둔 그 응어리 다 녹여
자신을 끌어내는 듯한 따가운
햇살에 만들어 낸 그윽한 시인
꽃향기 가득 묻어 있는 듯하다

그날처럼 따사롭던 햇살은 어디 가고
꿈속처럼 멀어져 간 그리움을 간직한 그는
별빛 같은 마음으로 세월을 녹이고 있다

*예비역 육군 소장 및 전 소비자연맹 감사. 시인

이장유

햇살이 가득 담긴 사무실
사업과 학문을 구상하고 연구하는 그는
자신의 사상과 지식을 가슴에 담아
꽃을 피운 학문을
후학들에게 길을 열어주고자 노력하는 모습이
오곡이 익어가는 가을 햇살처럼 강렬해 보인다

한때는 삭발하고 수행자를 그리워했지만
지금은 대구 달서구에 경제인으로 활동하는 그는
화창한 봄날 꽃피는 향기에 벌과 나비 날아든 듯
많은 사람들이 그를 따른다

부모님 정도 그리워할 시기에 나와는
육군 논산훈련소 호국 연무사에
한솥밥을 먹고 군복무를 한 그는
슬픔과 절망도 온몸으로 끌어안고
기쁨으로 행복을 찾는 법우이다

스스로 여과시켜
자신을 잠재우는 그는
남의 일을 가지고 살아가는 품성이
어느 수행자의 발걸음처럼 믿음직해 보인다

*평생교육원 원장

이장한

달빛에 미쳐 울던 풀벌레소리 들리는
맑은 금강이 흐르는 충남 연기 출신
명확한 판단력과 빈틈없는 성격이지만
짙푸른 속 다스려 우려내는 백련다향(白蓮茶香)
그윽함이 풍긴다

속세의 티끌 하나 의심조차 머물지 않는 산사(山寺)
내 영혼 깨어나는 곳을 찾고자
잠시 머무른 적도 있었다

서울 명문 고교를 나와 서울대학교를 졸업
국가안보 조직에 몸담아 십수 년
육군본부 고등군사법원 판사 등
법무병과 주요 보직을 두루 거쳐
국방부 군수본부 법무실장으로 전역하였다

큰 욕심 부리지 않는다는 그는
흐트러진 마음을 모으게 하는 기술 있는 법률가로
비우고 나면 그 속이 더 크게 보이는 법
오래된 장맛처럼
진한 사람의 향기가 풍긴다

*변호사

이정숙

금호강 흐르는 능금꽃 향기 나는 곳
증기기관차 달리는 철길 따라
꿈도 꾸었고 흙먼지 날리는 길 따라
풀 향기 맡으며 즐거움도 있었다

인생은 흘린 눈물의 깊이만큼 아름답다
얼마나 넘어지고 서러웠는지 묻지 마라
깊은 강물의 흐름 같은 그를 보고 있으면
풍랑의 세월과 일렁이는 물결을 느낄 수 있다

골짜기거나 길섶에 핀 들꽃처럼
외로움 속에 밟혀도 보았고 쓰러져도 보았다
수없는 고난 속에 꽃향기 피었을 때
젖은 눈망울 저편으로 깊은 강이 흐르고
님을 잃은 그는
기도와 찬송으로 영혼을 달래본 적도 있었다

아프지 않은 영혼이 없고 삶이 없듯이
하느님의 사랑 속에 오늘도 범사에 감사하며
마음 속에 쌓인 무더기를 익혀 바람에 소멸시키고 있다

*유통업 사장

이정훈, 박춘월

비바람 견디지 못한 나무는 일어서지 못한다
뚝심과 지혜로 어려운 일도 헤쳐 나왔고
시민의 손과 발과 다름 없는 사업을 구상하는 그는
소리 없는 깊은 강물처럼 여유롭다

부인은 가족을 가슴에 품고
하늘 초록빛 나뭇가지 덮인 산사(山寺)에서
해맑은 영혼이 가슴 속 파고드는 불심(佛心)으로
가족들의 영혼을 두 손 모아 보듬어주며
어두운 밤 등불이 되어 밝힌 적도 있었다

한때는 대구광역시 남구의회 의장을 지냈고
통일라이온스클럽 회장으로 지역사회 어려운 이웃에게
희망의 햇빛을 쬐게 한 적도 있었다

부부는 바람이 내어준 길 따라 초록 공기 가득한 곳
가슴을 열어놓고 흰 공이 쇠망치에 맞아
흰 새처럼 멀리 날아가는 모습도 감상하며
지난 힘든 일 모두 내려놓으려 하고 있다

시원한 그늘을 만들어 주는 한 그루 나무와 같은 마음으로

묵은 인생의 향기를 풍기며 세월을 더듬는 부부는
아름다운 노을이다

*금옥교통 회장

육문스님

세상 사람 좋아하는 부귀공명은
진리의 길을 찾아가는 수행자에게
방해가 된다는 스님 말씀
오랜 수행생활에서 배인 몸가짐이
마음을 지혜롭게 움직이고 있다

팔공산 일자봉 위
백운(白雲)이 움직이는 곳을 바라보며
자리잡은 백흥암
지혜롭게 수행하고자 온갖 역경 다 헤치며
영혼을 눈 뜨게 할 수 있는
내면의 길을 찾아가고자
자신을 태우는 송진 향기에 취해 본 적도 있다

경북 군위 소보 법주사 중창불사에
아픔을 참아가며 영혼을 불사른 적도 있으며
깨달은 이의 가르침을 향해
걷고 있는 향기가
구름이 머뭇거림 없는
가을하늘처럼 맑아 보인다

*팔공산 백흥암 회주

이종백

비슬산 뿌리 내린 달구벌 땅에서
성장한 그는 영남대학교를 나와
국가 공무원으로 입문한 뒤
대구 관세청 국장까지 하였으며
공직자로서는 출세한 셈이다

올바른 신념과 성실함을 자랑하는 그는
경북 청도에 조그마한 텃밭을 일구어
나무 심고 씨앗 뿌려 가꾸어 나가는 모습
인간미에 묻어 흐르는 향기를 맛보는 듯하다

이제 님의 발자국 소리에 문풍지 떨리듯
남은 길을 보듬고 걸어가는 그는 내 친구다

배려를 으뜸으로 세우며 보듬고
순리대로 어우르는 그는
지내온 길은 불꽃이 사그러드는 모습을 지우고자
부처님 경전을 공부하고
마음을 다잡고 세월의 흐름에 순응하는 걸음걸이가
부처님도 참 좋아하시리라 믿는다

*전 대구 관세청 국장

이창년

인천 이씨와 김해 허씨는 동성동본이라
만나면 손을 잡아주며 따뜻한
정이 흐르는 큰 형님 같은 분이다

가끔 인사동 어느 찻집에서 만나면
혼자 시원한 맥주 한 잔 드시냐고 하면
외로워서 먹는다는 말씀은
풀잎에 맺힌 이슬처럼 맑아보인다

보이지 않으시면 가끔 생각나고
만나면 구수한 사투리 말씀과
차디찬 샘물처럼 쏟아내는
입담은 웃음으로 꽃을 피울 때도 있다

합천 계곡 파란 물소리 듣고 바라보던
옛 생각 문득 흘러
가버린 세월에 쓸쓸해 하는 시인

*시인

이한동

바른 길로 간다라는 좌우명을 가진 그는
서울지법 판사 부장검사 재직시에는
일도(一刀)라는 별명을 얻기도 하였다

국민에게 사랑받지 못한 정치인은
미움의 대상이지만 어려운 싸움에 승리한 그는
경기 포천 국회의원에 당선되어 정치에 입문하였다

민정당 사무총장, 내무부장관, 한나라당 대표 최고위원
자민련 총재, 국무총리
입법부와 사법부 행정부를 두루 거친 그는
경력만도 눈보라 속 참아내고 이른 봄 화려한 매화꽃 향기였다

한때는 북한산 망월사(주지 춘성 큰스님)에서
고시공부를 하였으며 육이오 전쟁시에는
충남 예산 화암사(추사 김정희 생가 옆)에서
피난 시절 모두가 지난 세월이 담긴 추억인 것 같다

기나긴 세월의 흔적을 고스란히 품고 있는 그는
파도처럼 왔다 사라지는 세월에 순응하며
즐겁고 아름다운 인생을 배우게 해 준다

*전 국무총리

이철우

부드러움은 강함을 이길 수 있는 것이네
온화하고 부드러운 성격 속으로 강인하다

국민에게 희망을 주는 정치인이 되겠다며
국가 안위를 벗어난 적이 없는 그는
떠나는 김천이 아니라 돌아오는 김천을 만든다는
마음으로 국회의원(3선)에 당선되었다

내 고장 땅 천릿길 품고 흐르는 낙동강처럼
지역발전에 늘 관심을 떠난 적 없는 그는
바람에 누운 풀처럼 부드럽기도 하지만
사자처럼 용맹하여 큰 길을 벗어난 적이 없다

도전의식 발하는 마음과 올바른 신념
성실함을 가진 그는 당(한국당) 사무총장과
경북도 재직시 뛰어난 정치력과 행정의 달인으로
평가받기도 하였다

스스로 약속을 깨지 않고
귀와 몸을 낮은 데로 기울인다며
경북의 대표적인 큰 산(황악산, 금오산, 일월산, 내연산,

백암산, 주흘산, 소백산, 주왕산, 팔공산)은
반드시 일어나 품을 것이고
넓고 넓은 동해(울진, 영덕, 포항, 경주) 앞 바다는
필히 받아들일 것이다

*국회의원

일면스님

안강평야를 품고 흐르는 형산강
가야산 골짝 골짝을 에돌아
거침없이 내려가는 물소리 솔바람소리
히말라야의 연봉(連峰)처럼 빛나는
내 영혼 가는 길이었다

모두가 어려운 시절
엄마가 금방 해 주시던
따뜻한 밥과 정이 그리운 나이에
출가하시어 엄격한 계율 지켜가며
수행과 학문을 동행하며
법보종찰 해인 승가대와 동국대학교를 졸업하였다

국토방위에 전념하는 젊은 군 장병들 가슴에
불법의 향기를 담아준 적도 있었다

당신이 아프면 나도 아프고
당신이 행복하면 나도 행복하다는
원력으로 죽어가는 자를 살리게 하는 마음은
너와 내가 다르지 않으리라는 말씀
별처럼 뒤를 따르는 달처럼 밝아보인다

흩어진 햇살을 모아 길 잃은 바람도 품어
숨기고픈 눈물까지 보듬어 준 꽃송이처럼
영혼이 아름다워 보인다

*대한불교 조계종 25교구 봉선사 주지
대한불교 조계종 교육원장 및 호계원장
대한불교 조계종 군종 교구장
동국대학교 이사장
(현)대한불교 조계종 불암산 불암사 회주
(현)생명나눔실천 이사장, 광동중고등학교 이사장

장홍열

오대산은 예부터 소금강산이라 부르며
구룡폭포 떨어진 물이 연곡천에 젖어 흐르니
세월 잊은 은어떼가 한가로이 노닐고 있다

뭇 시인들이 쉬어가는 관동팔경 중 하나인
경포대 보름달빛 호수에 젖어드는 고장
강원 강릉은 그리움이다

민족의 비극인 육이오 전쟁시 단신단몸으로
부산으로 피난간 시절 생활이며
서두르지 않고 끊임없이 걷는 그는
육군사관학교를 졸업하였다

육군 전후방 주요 보직을 두루 수행하였으며
병과로는 최고 계급장인 육군 중장을 달고
국방부 조달본부장으로 전역하였다

그 후 정부 조달청장직을 최장수로 근무하시고
공직생활을 마감하였다

강직한 성격에 어느 누구와도

유혹의 검은 손길을 뿌리친 성격이지만
높은 산 홀로 서 있는 나무는 바람에 흔들려
외로워 보이지만 소멸된 바람 속에
뿌리 내린 나무는 더욱 든든해 보인다

이제 놀랍고 부러운 꿈 다 사르며
노송의 향기에 젖어 흐른다

*예비역 육군 중장, 전 조달청장

전기찬

잔잔하게 흐르다가 어느 곳엔 잠시 머물다가
또 부지런하게 내달린 강물처럼
서둘지 않고 쉬지 않고 끊임없이 연구하는 그는
금속공학 박사학위를 가진 공학도이다

목말라 하고 갈망하던 학창시절 불알친구 셋은
(전기찬 황치수(故) 허남준) 종로 뒷골목
양은그릇에 대포잔 나누어 먹던 시절
방학 땐 고향 친구들(성영철, 조상종, 김태헌)과
그림공부하다가 시장 장터 골목 오뎅 안주 삼아
막걸리 먹던 추억은 그리움이다

시들지 않는 꽃으로 향기를 풍기는 그는
오늘도 마르지 않는 샘물처럼 연구를 하고 있다

조용조용한 학자다운 성품으로 불살라온 그는
간암으로 인하여 생(生)과 사(死)를 넘나드는 고독한 시름 속
눈물로 베개를 적신 적도 있으며 노송(老松)이 잠들어 있는
산사에 내 영혼 다 받쳐 두 손 모아 본 적도 있었다

까맣게 잊고 있다가도 문득 생각나는 그는
꽃잎 떨어진 그 자리에 실한 열매 맺게 할 것이다

*연세대학교와 동 대학원을 졸업. 미국 미시간 대학에서 공학박사 학위 취득
기아자동차 연구 이사를 역임한 뒤 (현)피코소닉주식회사 대표

전재희

대성저수지 물안개 짙게 드리운 날
잎사귀마다 맺힌 물방울 초록으로 물드는 계절
세월의 발자취는 가슴 속 피어난 꽃향기였다

산계곡마다 흐르는 물은 산을 에돌아
천릿길 이루어 나아가는 큰 강물은 소리 없이 흘러가듯
대구여고와 영남대학교를 졸업하였다

노동부 국장 재직시 땀 흘려 일하며 행복을 맛보려는
노동자의 마음을 가장 낮은 곳에서
눈물겨운 꽃향기를 가슴 속에 담아주기도 하였다

풀뿌리 민주화시대 민선시장으로 경기 광명시장 2회
국회의원 3선과 보건복지, 여성가족부 장관
복지부 장관을 역임하신 분
빛나는 도전과 집념은 스스로에게 엄격하고
부지런하였다는 그는 제 본향 출신이다

그 길을 더듬어 따라가 보면 그가 남긴
발자취는 매화꽃 향기처럼 번지는 듯하다

*전 복지부 장관. 여성가족부 장관

정념스님

끝없이 뻗어가는 푸른 능선을 이룬
금정산은 그리움이다

영취산 불보종찰 통도사에서 선(禪)과 교학(敎學)을
아우르는 금자탑을 쌓아올린 스님
살아온 깊이만큼 가슴에 심어 놓고자
설악산 신흥사 오현스님 문하에서 수학하셨다

신흥사 본사와 말사 총무원 주요소임을 거친 스님
낙산사 산불 화재로 기약 없는 눈물과 몸과 정신
가장 힘든 시기
낙산사 복원불사를 하여 전 국민의 정신적인
도량을 가꾸는 데 뼈 속으로 전해 오는 영혼까지
쏟아 부은 적도 있었다

동해바다 뒤척이는 파도 속에 아픔을 묻고 있는 스님
낙산사 복지재단을 설립하여
상처 받은 어른들에게 가슴으로 울려오는 소리를
담아 주고 계신다

지금은 홍천사 주지로 정화 이후 잃어버린

옛 사원 복원 불사를 위해
햇빛이 칸칸이 깔리는 돌계단을 오르내리는 모습
노을빛 서산마루에 달맞이꽃 피는 향기였다

*대한불교 조계종 낙산사 회주
대한불교 조계종 흥천사 회주

정하철

성실 노력 하나로 국가 공무원으로 입문한 뒤
대구보훈청장 서울보훈청장
국가보훈처 핵심 보직을 두루 거쳐
공직생활을 마감하였다

태풍 앞에 놓인 촛불 같은
나라를 구하기 위해
육이오 참전용사 아버님
시골 장터 국화빵 구워 팔던 어머니 곁에
빵 조각 주워 먹다 졸던 시절
향기 넘치는 눈물이라 한다

동구 밖 철로길 간이역(봉죽역) 있어
기적소리 들리고
태양이 이글거리는 금호강
물장구 치고 놀았던 일이며
닭 토끼 먹이 찾아 개구리 잡고
풀피리 꺾어 불던 시절
작은 교회 새벽 종소리 들으며
십리길 초등학교 다니던 곳이
그의 고향이자 자란 곳이다

자기 신앙을 좀처럼 자랑하지도 않고
드러내지도 않는 그는
기도와 찬송으로 꽃을 피우고 있으며
가슴으로 타들어가는 많은 사람들에게
촉촉하게 적셔주는 느낌을 심어주고 있다

*서울지방 보훈청장
(현)안중근 의사 숭모회 상임이사

조경식

동백꽃 향기 피워 오른 오동도
조국 근대화 산업이 물결치는 화학단지 도시
남쪽 바다 갈매기 울음소리 들리는 곳
그리움이다

늘 닫힌 마음을 열어 익을수록 파릇파릇한
청포도를 닮아가는 그는
육군 삼사관학교를 졸업하고 국가안보 조직에
한평생 몸을 담아 병과로는 보기 드문
대령으로 전역하였다

닫힌 마음을 열어 경험과 사랑으로
자녀를 믿고 의심치 않는 교육으로
사람의 생명을 다루는 익어가는 열매를 맛본 그는
석양 노을처럼 아름답다

명예를 소중하게 생각하며
마음과 마음을 이어주는 그는
푸른 잎사귀와 꽃잎이 하나하나 시들어가도
묵은 인생의 향기를 풍기며
스스로 만족하며 행복을 만들어가는 듯하다

*예비역 육군 대령

조대형

사일저수지 나직한 야산자락 한정된 공간 속
마을 동구 밖 버드나무 가지들은 봄볕에
푸른 싹을 틔우는데…
바람에 물 주름 잡으며 출렁거리는 저수지 갓길 따라
다니던 어린 시절은 그리움이었다

해병사관 장교로 임관한 그는 국토방위를 위해
젊은 날의 꿈을 포기하지 않는 장병들과
육지가 그리워 몸부림치며 출렁거리는 서해바다
최북단 섬 백령도에 밀려왔다 사라지는 파도소리
피웠다 지는 붉은 동백꽃처럼 젊음을 불태운 적도 있었다

북쪽 바다를 바라보며 적을 알아야 승리할 수 있다는 마음 하나
국가안보 조직에 몸과 영혼을 불살라 온 지 반평생
몸담아 온 그는 해병 주요 보직을 두루 거친 후
중령으로 전역하였다

혹한 넘어온 봄이 상처를 어루만지듯 봉사정신으로
남은 세월 녹이려 하는 그 마음 욕망의 숲으로부터
벗어나 영혼이 자유로워 보인다

*예비역 해병 중령

조영민

내과의사이자 대학교수
내게 당뇨 정기검진을 해 주시는 특별한 의사
정확한 나이는 모르지만 키 크고 젊고 잘 생겼다
의사는 아픈 환자의 희망이며 믿음이다

사람의 생명을 다루는 학문과 연구로
꽃을 피운 그의 전공은 내과학 전공이지만
내분비 내과 의사로 아픈 환자의 마음을
편안하게 맞아주며 꿈을 심어 주고 있다

나는 오랫동안 병원의 진료를 받아 왔지만
거머리처럼 평생 붙어 다니는 당뇨는
관리해 주지 않으면 생명까지 위협받을 수 있지만
검사를 하고 대화하며 처방을 해 주신다

진짜 유명한 의사는 소문난 의사가 아니라
환자의 맘까지 쓰다듬어 주는 의사라 믿으며
놀라운 능력으로 환자의 소망 다 이루어지리라 믿는다

*서울대학교 동대학원 의학박사 학위 취득
서울대학교 의과대학 교수, 서울대학교 병원 내분비 내과의사
캐나다 브리티쉬 컬럼비아대학 방문 교수

종연스님

별들의 뒤를 따르는 달처럼
침묵 속에 기쁨을 찾고자
주체할 수 없는 뜨거운 마음으로 출가하신 스님
무심히 흐르는 계곡물처럼
마음을 다잡고 정진하고 계신다

수행자는 남보다 먼저 꽃피우고
노력할 줄도 알아야 하는 마음으로
학문과 수행을 병행하며
동국대학교 불교학과를 졸업하였다

종단 행정과 최고 책임자 자리에 올라
목말라하고 갈망하는 종도들 가슴에
촉촉하게 적셔주는 마음으로
온몸 바쳐본 적도 있었다

뽑아도 솟아오르는 잡초를 솎아내기 위해
조계산 선암사 선방에서
모든 것 내려놓은 적도 있으며
지금은 수월정사에서 몸과 마음을
편안하게 기도와 염불로 향기 넘치는
꽃을 피우고 계신다

*대한불교 태고종 전 총무원장

중악스님

바람에 흔들리지 않고 피는 꽃과
열매가 어디 있으랴마는
수행자는 새벽처럼 깨어있다는 생각 하나로
불보종찰 영축총림 통도사 방장
월하대종사님 문하에서 수학하였다

순진무구한 저 별의 체온을 채워주기 위해
전국 제방 선방에서
내 어둠에서 빛나는 하나의 주인공을 찾아
고뇌와 슬픔으로부터 멀어져 가려고
주인공을 찾아본 적도 있었다

알봉산 토굴을 오르내리면서
나뭇잎 부딪치는 솔바람소리 들으며
초심으로 돌아가려는 마음 하나로
조그마한 건물에 전세 들어 꾸민 포교당
불법을 전파하고자 온몸과 마음을 불살라
쏟아 부은 적도 있었다

수행자의 영혼은 가을하늘처럼 맑아야
고뇌로부터 벗어날 수 있다는 말씀

지극히 낮은 목소리로 젖어들어
크게 울리는 법의 파장이
답답한 가슴을 풀어가는
청량함이 묻어 흐르는 듯하다

지금은 대구에 아담한 현대식 보리사에 머물며
어느덧 다 타들어가는 노을처럼
잊었다 잊었노라 하다가도
마음을 다잡고 기도하고 정진하며
앞창의 달은 밝고 흰 구름 흩어지는 듯하다

*대구 보리원 보리사 불교대학 학장

주호영

숨어들수록 뜨거운 숨결을 간직한 숲
만나면 마음을 편안하게 끌어당기는 힘
진한 관솔의 향기를 풍긴 듯하다

법관 재직시 어느 한쪽으로도 기울지 않는
울림이 있는 판결로
가슴으로 깨닫게 하고
영혼을 일깨운 적도 있었다

굽이쳐 흐르는 강물이듯
머뭇거리지 않고 막힌 곳을 뚫어 멈춘 곳을 흐르게 하며
여의도연구소장 등 당 소속 주요 보직을 두루 거쳐
특임장관을 역임하였다

거친 바닷길 홀로 항해할 때 마음
몸을 낮추고 길을 열어 낮은 곳의 이야기를 듣는다
믿음 없는 시민이라 하여도
열린 가슴으로 받든다면
불꽃은 꺼지지 않을 것이다

*전 대구지방법원 부장판사. 전 특임장관. 제 17대, 18대, 19대, 20대 국회의원.

차차석

충북 괴산 화양구곡 맑은 물은
탐욕을 털어내는 듯 쉼 없이 흐르는데…

청주 명문고를 나와
동국대학교에서 불교학을 전공한 철학박사
한때 불자들의 귀와 눈을 열어주기 위해
불교 언론사에 몸담아
부처님 정법을 알리는 데
몸과 마음 혼을 불어 넣은 적도 있다

교계 많은 교양대학 특강을 하며
진지하게 연구하는 학자의 자세에 진심이 묻어
살아 숨 쉬는 강의 내용과 담백한 기법
인간의 따뜻함이 내 마음에 전해지곤 한다

제 몸 다할 때까지 학자는 논문으로 말한다는 교수
작은 골짝을 맴돌아 폭포수처럼 힘차게 흐르다
강물처럼 유유히 흐르면서도
스스로 여과시켜 순응하며 살고자 하신다

*동방대학원대학교 교수

*화양구곡 : 경천벽, 운영담, 읍궁암, 파곶, 첨성대, 능운대, 금사담 학오대, 와룡암. 인조~숙종 때 좌의정을 지낸 대학자 우암 송시열이 산수를 사랑하여 은거한 곳

최명준

천년고도 역사를 간직한 경주 땅을
가슴에 품고 있는 그는
멀리 있어도 가까이 있는 마음이 아름다워 보인다

대학시절 방학 때는
경남 울산 문수암으로 가서 수행하였으며
불보종찰 통도사 큰 스님이신
조용명 스님 문하에서 수행하였다

육군 군종 법사로 임관하여
장병들의 가슴에 어둠을 밝혀 주셨으며
육군 제3사관학교 초대 법사 재직시
충성 호국사를 창건하였다
육군 삼군사령부 군종법사(중령)로 전역한 그는
대한불교진흥원 사무국장 불교방송국 사장을 역임하였다

땀 흘려 가꾼 열매를 맛보는 그는
남은 세월 한 자국 한 자국 걸음걸이가
깊은 강물이 흘러가듯 넉넉해 보인다

*전 불교방송국 사장

최성렬

하늘을 가슴에 담고 흐르는 큰 강 같다
선비정신을 이어받은 듯 품성이 반듯하다

대구 명문 사학고를 나와 동국대학교를 졸업하고
ROTC 초급 장교로 임관한 그는
전투경찰 교관으로 강한 정신력과
국가관을 심어주는 믿음을 주는 책임자로
조직생활에 젊음을 불태운 적도 있다

생각해 보니 필자와는 학창시절
기원학사(대학기숙사)에서 한솥밥을 먹고
수많은 사연을 담아 남산과 안암동 뒷산 계곡에
불어오는 바람에 놓아버린 세월이
사십 년 가까이 흐르니 추억이 되어 버렸다

불교학을 전공하였으나 보기 드물게
조선대학교 인문과학대학 철학과 교수가 되었고
알아듣기 쉽고 즐겁게 풀어나가는 멋진 학자
가슴을 적셔준다는 가을바람에
세월을 녹이고 있다

*조선대학교 교수

최정열

기적소리 들리는 철길
자연이 내어준 한정된 공간 속 초가집
초록향기 가득 넘치는 들길
내 영혼 기쁨 주는 향기로 피웠다

마른 땅 적셔가며 흐르는 강물은
더 넓은 곳을 향하여 소리 없이 흘러가듯
경주 명문 고교와 영남대학교를 졸업하였다

바람을 등에 지고 힘겹게 봄이 찾아오듯
늘 낮은 맘 하나로 재경부와 공정거래위원회
주요 보직을 두루 거친 후 고위공직자로 정년퇴임하였다

연잎 위 물방울을 깨뜨리지 않고
진주알처럼 굴리는 소중한 마음으로
큰 욕심 없이 살아가고자 하는 마음은
어둠을 걷어내는 보름달이 은은하게 비치는 듯하다

비바람 없이 일어선 풀잎이 어디 있으랴마는
오늘도 바람에 흔들리는 푸른 초록빛 향기
바람 따라 퍼졌네

*전 (주)한화그룹 임원
현 공정경쟁연합회 회장

한순자

비바람 견디지 못한 나무는 일어서지 못한다
얼마나 넘어지고 서러웠는지는 묻지 말자
바위 같은 굳은 의지와 절박함이 지팡이가 되었으리

모두가 어려운 시절 가진 것 하나 없이
어둠을 걷어내는 새벽 자갈치 시장
첫 여성 중매인으로 살아온 반평생 그 시절
허공 저 편에 맴돌 뿐

그가 혼자 남 몰래 뜨거운 눈물과
세찬 바람 맞서가며 파도처럼 부딪치고
빗물처럼 씻어내며 가슴에 묻어둔 그 응어리
다 녹여 빛나는 별이 될 때 캄캄하던 가슴도
환한 하늘이 될 것이다

곱게 물든 단풍잎과 향기로운 꽃잎도
세월가면 떨어지는 법인데…
베풀며 살아야 한다는 즐거움이 약이 된다는 말씀
건강한 사회를 위해 활짝 웃는 불멸(不滅)의 꽃향기
바람 따라 퍼졌네

*부산 자갈치시장 첫 여성 중매인

한승욱

눈에 아른거리는 함경도 함흥땅
그리움에 사무친 고향이지만
타관 땅 객지 서울 거리를 걸어가는 모습은
빛바랜 세월이 묻어 흐르는 듯하다

만나면 강한 함경도 말투에
정이 흐르고 다정한 목소리
세상살이 이야기하는 그는
마음이 넉넉해 보이지만
문득 떠오르는 향수에 젖은 마음 또한
외로움 속 그리움이다

나보다는 많은 연배이지만
위아래 구분 없이 품고 어울리는
인연의 꽃은 참 아름다움이다

*계간문학지 『서울문학』 발행인

허 호

삼백리 맨발로 달려가는 금호강 강변
흙을 밟을 수 있는 밭을 일구는 그는
선택한 가장 작고 낮은 자리 그곳에는
하늘을 우러러 살아가는 복숭아 자두나무
잎과 잎이 가슴을 열고 서로를 마주하고 있다

사랑으로 가꾼 복숭아 자두나무는
지난 추운 겨울 상처를 받아들인 듯하고
이른 봄 벌과 나비 유혹하는 꽃향기
눈물향기 흘리는 곳을 바라보며
영혼으로 늘 소통하고 있는 듯하다

흙을 밟고 과실수를 가까이 하며
홀로 먼 길을 걸어야 하는 고독한 나그네
마음을 가진 적도 있었으며
회오리치는 파도로 푸른 꿈도 꾼 적도 있었고
짙푸른 맘 높이 일으켜 춤추는 파도 같은
마음도 일어났을 것이다

그는 무엇을 바쳐 그 대가(代價)의 고통이 얼마나
힘들었을까보다는 따뜻한 햇살처럼
밝고 깨끗한 열매들이 가슴 속으로 스며들기 때문이다

*고향을 가꾸는 필자의 아우

허봉원

비바람 견디지 못한 나무는 일어서지 못한다
어느 누구인들 피 눈물 없이 일어섰겠는가?
스산한 바람 맞서가며 파도처럼 부딪치고
빗물에 씻어버린 세월이 얼마인지

굽이굽이 칠십여 년 흐르는 물길도 멈춰서니
이곳의 모든 허물 다 벗어놓으시고
가벼운 영혼으로 사랑하는 조상님과 부모님도 만나시고
이곳이 생각나면 비와 바람 구름처럼 햇빛과 달빛으로
아니온 듯 무시로 다녀가시며 지켜주십시오

포항 앞 바닷가 보름달빛은
날마다 내려오고 바닷물은 날마다 하늘로 오르고

먼 훗날 바람으로 햇볕으로 봄비처럼 왔다가
또 인연이 되면 고운 꽃으로 만날 수 있으리

*필자의 사촌 형

허성구

성격이 대나무처럼 올곧고 강인하다
불의를 참지 못하지만 산소 같은 샘물이 솟아오르고
옹달샘 물같이 시원하고 담백한 강의는
듣는 이에게 희망의 길도 열어 주셨다

세상을 바꾸는 일은 아픔과 고통이 따른다
군 성직자로 공군 장병들의 정신적인 등불이 되어
어둠을 밝힌 적도 있었으며
조직생활 십수 년만에 공군 소령으로 예편하셨다

필자와는 한 달 동안 배낭 메고 인도 스리랑카
불타의 성지 순례시 열악한 환경 속에
고통이 따를 수 있는 아픈 사연을 담아
인천공항에서 서해바다 불어오는 바람에 놓아 버린 적도 있었다

세상일에 시비 걸지 않고 걸림 없는 바람처럼
부러운 꿈 다 사르며 남은 세월
물처럼 바람처럼 자유롭게 여유롭게
꽃을 피운다

*전 대원불교대학 학장
동국대학교와 일본 용곡대학에서 불교정토학 전공, 철학박사
중앙승가대학 교수 대원불교대학 학장으로 공직생활 마감

허창수

믿고 화합하지 않는 사회는 불행하다
믿음과 화합으로 놀라운 기적을 이룬 기업이 있다

LG그룹과 GS그룹은 두 집안 선대(先代)가
1947년에 동업으로 창업하여 3대에 걸쳐 57년간
믿음과 화합으로 일으켜 세운 자랑스러운 기업이다

그 믿음과 화합을 몸으로 익히고 배운 허창수 씨는
2004년부터 GS그룹을 이끌어 가는 총수가 되었고
사회적 책임을 다하는 모범 기업으로 만들었다

함께하지 못한 소외계층의 자립기반 조성을 위해
사재를 출연하여 남촌재단을 설립하였고
사랑 나눔을 실천한 그의 큰 공적이 인정되어
미국 경제전문지가 아시아 이타주의자로 선정했다

무엇보다 약속시간을 철저히 지킨다는 사람
걷기를 좋아하여 축구를 남달리 사랑하는 사람
인재를 중시하는 인화경영과 투명한 경영으로
사회적 책무를 다하려는 모범기업의 총수

그는 오늘도 더불어 사는 행복한 세상을 만들기 위해
어깨를 부딪치며 쉬지 않는 걸음을 걸을 것이다
어둠을 걷어내는 새벽시장의 상인들처럼
우리들의 밝고 빛나는 미래를 열어갈 것이다

*GS그룹 회장, 전국경제인연합회 제33대 회장

혜자스님

달빛 풀어놓은 삼각산 참회도량 도선사
돌아갈 수 없는 세속의 길 접어두고
눈물고개 넘어가며 수행과 깨침으로
스스로 밝히시고 정진하셨다

그리움이 소복이 쌓이는 철부지 어린 나이에
부모님 품을 떠나 동진 출가하시어
엄격한 계율 지켜가며 수행 정진하였고
불교정화운동 펼쳤던 청담 종사님 뜻을 받들어 시봉하셨다

덧없이 변해간다(諸行無常) 하여도
이치를 깨닫는 길로 간다는 마음 하나로
삼보종찰 통도사 강원과 송광사 선원에서 자신을 태우는
송진 향기에 취해 본 적도 있었다

하늘에 구름이 본래 허공에 머물러 있지 않는 듯
총무원 주요 보직을 두루 수행하시고
마침내 도선사 소임을 맡아 백팔 산사 법회를 열어
스님 가시는 길마다 크고 작은 도량으로 만드셨네

수행자는 깨어있지 않으면 영혼의 빛은 사라진다는

마음을 늘 간직하시고 있는 스님
오늘도 불멸(不滅)의 환한 빛으로
환한 어둠을 밝히시고 이정표가 되셨네

*대한불교 신문사 사장
동국대학교 불교대학원 최고 경영자 과정 수료
대한불교 조계종 삼각산 도선사 주지
(현)수락산 도안사 주지 및 108산사 순례기도회 회주
(현)대한불교 조계종 군종 특별교구장

황연갑

높은 산 깊은 골 계곡물 힘이 넘쳐
여유롭게 흐르는 남강

겹겹이 황혼만 질펀한 강변 언덕 진주성
논개의 숨소리 들리는 촉석루 너머 열리는
하늘과 별이 빛나는 진주
그의 고향이자 자란 곳이다

일본 강점기시대 사찰이었던(서울 중구 초동) 건물은
마루바닥 밑에는 피난민의 가정집이었고
위에는 대학기숙사(기원학사)에 몸담았던 시절
모두가 지난 세월이 가져다주는 추억의 그림자였다

불교학을 전공한 그는
일찍이 산업전선에 몸담아
마산 몽고간장에 젊음을 바쳤던 그는
행복 간장을 만드는 데
선두자로 자리잡기도 하였다

지난 세월이 가져다 주는 그는
얼굴빛이 팔학년 삼반답지 않게

뭉클한 눈물빛이 얼비치는 사람냄새가 풍기며
많은 사람들이 모여들고 있다
흘러가는 세월을 더듬는 참 아름다운 노을이다

*전 마산 몽고간장 대표

허영문

양반 고을이자 천년고도 도시
속살을 안고 자란 그는
경북 경주가 그의 고향이다

강직한 그 몸 속에는 솔바람 소리가
앙상불을 이르는 명품이 있는 듯하고
성격은 비바람에 흔들리지 않는
주춧돌로 집을 짓는 듯하다

그가 경영하는 회사는 작아 보이지만
호수가 하늘을 품듯
변함없는 태양 아래
꽃피고 열매 맺어 영글어 가듯
세월이 계절을 굴린 듯 빈틈이 없어 보인다

정직과 부지런함이 깊은 믿음이
흠뻑 젖어 있어 어느 수행자처럼 보이며
그의 얼굴은 마르지 않는
깊은 산골 샘물처럼 맑아 보인다

*텍스제닉 대표

허홍구

한반도 역사상
한 번도 정복당하지 않았다는 영남의 영산
수기(水氣) 지기(地氣)가 뭉쳐진 팔공산 정기를 담고
태어난 그는
한 번도 고향을 잊어본 적이 없는 시인이다

성격은 금호강 맑은 물줄기 민풍을 담아
낙동강으로 찾아 흐르는 듯하면서도
때론 잔잔한 물결처럼 밀어내기도 한다

어두웠던 지난 세상 웅변으로 정화시켜 가고자
노력도 하였고
정치란 변화무상(變化無常)하지만
옷깃을 적셔본 적도 있는 그는
국민의 먹거리를 꽃피우기 위해
(사)요식업 중앙회 국장으로 재직하면서
중요한 홍보를 책임지고 이끌어갔다

젊은 시절 무거웠던 일 모두 내려놓으려 하며
그동안 세월이 가져다 준 열매를 보듬으면서
또 무슨 불멸(不滅)의 시심(詩心)을 구상하고 남길는지……

*시인, 전 요식업 중앙회 홍보국장

허남준 시집
샛별 품은 샛강 소리
•
지은이 / 허남준
발행인 / 김영란
발행처 / 한누리미디어
디자인 / 지선숙
•
08303, 서울시 구로구 구로중앙로18길 40, 2층(구로동)
전화 / (02)379-4514, 379-4519
Fax / (02)379-4516
E-mail/hannury2003@hanmail.net
•
신고번호 / 제 25100-2016-000025호
신고연월일 / 2016. 4. 11
등록일 / 1993. 11. 4
•
초판발행일 / 2018년 5월 8일
•

•
값 12,000원
•

•
ISBN 978-89-7969-773-5 03810